Listen, A Story Comes
Escucha, que viene un cuento

Listen, A Story Comes
Escucha, que viene un cuento

TERESA PIJOAN
Translated from English by SHARON FRANCO

R·E·D
CRANE
B⊙⊙KS

Printed in the United States of America
Book design by Beverly Miller Atwater
Cover and interior art by Gary Bigelow

Library of Congress Cataloging-in-Publication Data
Pijoan, Teresa, 1951–
        Listen, a story comes = Escucha, que viene un cuento /
by Teresa Pijoan.
        p.   cm.
        ISBN 1-878610-59-7
        I. Title.
        PS3566.I438L5   1996
        813'.54 – dc20
                                                        96-33039
                                                        CIP

Red Crane Books
2008-B Rosina Street
Santa Fe, New Mexico 87505

Contents

Acknowledgments

I wish to thank my University of New Mexico storytelling class students Jessica Blanc, Brian Herrera, Heather Hickman, Jennifer Miera, Cassandra Stan, Melinda Crouch, Teresa Phillips, Patricia Villegas, and Caren McDonald for their patience while this book was being written.

Also, I thank my mentors in the art of telling: Susan Pearson-Davis, Jim Linell, Rick Edwards, Frank Booker, Ramón Flores, Amy Nichols, Gayle Ross, Linda Piper, Lee and Joy Pennington, George Sibley, Alex and Patti Apostolides, Richard and Judy Young, Sam Aquiero, Duane Humeyestewa, JoAnn Melchor, Alex and Mary Patterson, Roscoe Pond, Michael and Marianne O'Shaughnessy, Claire Van Etten, Nicole Pijoan, Barbara Pijoan and the honorable Professor David Jones.

Reconocimientos

Quisiera agradecer a los estudiantes de mi clase de narración de cuentos de la Universidad de Nuevo México — Jessica Blanc, Brian Herrera, Heather Hickman, Jennifer Miera, Cassandra Stan, Melinda Crouch, Teresa Phillips, Patricia Villegas, y Caren McDonald — por su paciencia mientras se escribía este libro.

Además, agradezco a mis maestros en el arte de narración: Susan Pearson-Davis, Jim Linell, Rick Edwards, Frank Booker, Ramón Flores, Amy Nichols, Gayle Ross, Linda Piper, Lee y Joy Pennington, George Sibley, Alex y Mary Patterson, Roscoe Pond, Michael y Marianne O'Shaughnessy, Claire Van Etten, Nicole Pijoán, Barbara Pijoán y el estimado profesor David Jones.

Introduction

Listen! A story comes when one least expects. Stories of The People are everywhere—standing in line at the grocery store, waiting for a bus, lining up in the school parking lot, or killing time in a doctor's office. Some of these stories were collected in such places, and some were collected on mountain tops.

Stories come from the soul—the soul of the land, the souls of the people, and the soul of the Great Spirits. Included within this book are stories which can scare you, make you laugh, bring joy, and make you think.

The wealth of the land and the people is contained within their stories. Your stories are important. Your stories are reflections of your soul and those around you. Every family has stories, every town, every school, every group of people you meet. Stop. Listen. Here, right here, is a story waiting for you. Enjoy!

Prólogo

¡Escucha! Sale un cuento cuando menos se lo espera. Las historias de La Gente se encuentran por todas partes — cuando se está haciendo cola en el supermercado, esperando el autobús, formándose en el estacionamiento de la escuela, o matando tiempo en el consultorio del doctor. Algunos de estos cuentos fueron coleccionados en tales sitios, y otros en las alturas de las montañas.

Los cuentos vienen del alma — el alma de la tierra, de la gente, y de los Grandes Espíritus. En este libro hay cuentos que pueden darte miedo, hacerte reír, traer alegría y ponerte a pensar.

La riqueza de la tierra y de la gente se encuentra en sus historias. Tus historias son importantes. Son reflejos de tu alma y de las que te rodean. Cada familia tiene cuentos, cada pueblo, cada escuela, cada grupo de gente que conozcas. Párate. Escucha. Aquí, aquí mismo, hay un cuento que te espera. ¡Que los disfrutes!

La pluma mágica

Magic Feather

Magic Feather

"Magic Feather" was written in Guaymas at Christmas time, 1993. I heard an elderly couple in a crowded cafe share this story with some friends. It was too beautiful not to be written and added to, just a little.

*T*he feather floated aimlessly down, caressing the sea breeze as it drifted to the sandy beach.

"Look, Margaret, a feather. What kind do you suppose it is?" Margaret did not look as Ed held the feather out to her. "Margaret, look at this!"

Margaret sighed, letting her ample bosom fall onto her broad belly. Her chubby fifty-five-year-old arms were crossed. "Who cares, Ed, who cares?"

Ed studied the feather, ignoring Margaret's remarks. The white feather had some black markings on it. It was of medium length—like a chicken feather.

"Margaret, I have never seen a feather like this before. It should be light, but it has a strange feel to it. Margaret, feel this feather."

Margaret sat down heavily on the sand. Her white, pocked legs spread out before her like albino seals. She wiggled her scaly toes, watching the sand fall from her arches. "Who cares what that feather feels like, Ed, who cares?"

Ed walked away from her. Suddenly, he stopped. As he turned the feather toward the sun, a radiant hue arose from the feather's stem. The colors sparkled on Ed's hand. A child-like smile grew across his sixty-year-old face. His drooping eyes changed from defeated grey-blue to sparkling green. "Margaret, there are colors coming out of this feather, all kinds of colors. Bet this is a magical feather."

La pluma mágica

"La pluma mágica" fue escrito en Guaymas en la época de la Navidad, 1993. En un café lleno de gente, oí a una pareja mayor contar esta historia a unos amigos. Me pareció bonita, y la escribí — y la amplié, sólo un poquito.

La pluma flotaba sin rumbo, acariciando la brisa marina mientras bajaba ligeramente a la playa arenosa.

—Mira, Margaret, una pluma. ¿Qué clase de pluma, crees tú? — Margaret no miró la pluma que Ed le tendía:— ¡Mira, Margaret!

Margaret suspiró, dejando caer los amplios pechos en su ancha cintura. Tenía cruzados los rechonchos brazos de cincuentona.

—¿Qué me importa, Ed? ¿Qué me importa?

Ed miró detenidamente la pluma sin hacer caso a los comentarios de Margaret. La pluma blanca tenía pintas negras. Era de tamaño mediano — como pluma de gallina.

— Margaret, en mi vida he visto una pluma como ésta. Debe ser ligera, pero tiene algo raro al tocarla. Margaret, tócala.

Margaret se sentó pesadamente en la arena. Sus blancas piernas picadas de viruelas se extendían delante de ella como focas albinas. Movió los dedos escamosos de los pies, mirando la arena que caía de las plantas —. ¿Qué me importa cómo sea la pluma, Ed? ¿Qué me importa?

Ed se alejó de ella. De pronto se detuvo. Cuando volteó la pluma hacia el sol un color resplandeciente salió del cañón de la pluma. Los colores brillaban en la mano de Ed. Una sonrisa de niño apareció en su cara de sesenta años. Sus ojos deprimidos cambiaron de azulado vencido a verde chispeante.

— Margaret, están saliendo colores de esta pluma, muchísimos colores. Apuesto que es una pluma mágica.

His voice was loud enough to trail on the wind to Margaret's expensive hearing aid. Margaret glared at Ed's pink plump exterior. Clumps of dark sand stuck to his striped boxer swimming trunks. The back of his legs showed his age. Most of his body hair had either fallen off or had worn off revealing fatty folds. His back bulged like a warm, lumpy cake.

She grunted, noticing how ugly and old he was, then squinted. The bright sun hurt her eyes, still healing from cataract surgery. "Who cares, Ed, who cares?" She scooped up handfuls of sand in an attempt to cover her own fatty thighs.

Ed moved slowly toward the ocean, holding the feather in his hand at eye level. He twisted the feather rapidly, with a movement he remembered from a long time ago. A spontaneous movement—something done without Margaret's approval. Ed's feet touched the water. Waves softly lapped at his varicose-veined ankles.

Ed kept twisting the feather. When he let go, it remained afloat in mid-air. His puffy pink hands hovered near it—ready to catch it if it fell. "Margaret, look at this! The feather is guiding me. Look, Margaret!"

By now, Margaret had fallen back in the sand. Her thinning, purple-white curls cushioned the back of her head. She stared straight up into the cloudless sky. All she saw were shades of blue and a few birds floating in the sky drafts. Ed walked on into the gently-moving ocean. The feather hovered ever so slightly then progressed further.

"Margaret, take a look at this, would you? Margaret, do you believe this?" Ed wanted to turn to assure himself that his wife was indeed watching, but he didn't want to lose the feather.

"Ed," Margaret mumbled, "who cares about a stupid feather? You're acting like a child!" Her gravelly voice accentuated her irritation. She didn't want Ed interrupting her meditation.

Ed was silent. He stared at the feather. His mind returned to his youth. He remembered the days of laughter, running free along the beaches near his childhood home. He thought of his mother's glistening smile and her eagerness to understand every interest he brought to her. He chuckled at the thought of his father taking him skinny-dipping at night while his mother was busy.

Su voz tenía fuerza suficiente para llegar con el viento al costoso aparato para sordos de Margaret. Ella miró feroz al exterior rosado y rechoncho de Ed. Bolitas de arena oscura se le pegaban al traje de baño rayado estilo boxeador. Vistas desde atrás, las piernas mostraban su vejez. La mayor parte del vello del cuerpo había caído o se había desaparecido para revelar pliegues de gordura. La espalda se veía abultado como un pastel tibio cubierto de protuberancias.

Margaret gruñó, observando lo feo y viejo que se veía. Luego entrecerró los ojos. El fuerte sol le lastimaba los ojos que aún recuperaban de la cirugía de cataratas.

— ¿Qué me importa, Ed? ¿Qué me importa? — Levantó puñazos de arena tratando de cubrir sus propios muslos gordos.

Ed se acercó lentamente al mar, llevando la pluma en la mano a la altura de los ojos. Hizo girar rápidamente la pluma, con un gesto que recordaba de mucho tiempo atrás. Fue un movimiento espontáneo—algo hecho sin la aprobación de Margaret. Los pies de Ed llegaron al agua. Las olas le lamían suavemente los tobillos con varices.

Ed siguió torciendo la pluma. Cuando la soltó, quedaba flotando en el aire. Sus rechonchas manos rosadas se mantenían cerca de ella — listas para agarrarla si cayera—. Margaret, ¡mira esto! La pluma me está guiando. ¡Mira, Margaret!

Margaret ya había recaído en la arena. Los rizos blancos, casi morados, de su cabello escaso le sostenían la cabeza. Miró con atención al cielo sin nubes. Solo vio matices de azul y unos pocos pájaros que flotaban en las corrientes del aire. Ed continuó caminando hasta entrar en el océano tranquilo . La pluma quedó suspendida en el aire un momentito y luego se alejó.

—Margaret, mira esto, ¿no quieres? Margaret, ¿puedes creerlo? —Ed quería volverse para asegurarse que su esposa lo miraba de verdad, pero no quería perder la pluma.

—Ed, —masculló Margaret— ¿qué me importa una pluma ridícula? Pareces niño. —Su voz ronca acentuó su fastidio. No quería que Ed interrumpiera su meditación.

Ed se quedó callado. Fijó la mirada en la pluma. La mente se le volvió a su niñez. Recordaba los días de risa, corriendo libre por las playas cerca de su casa juvenil. Pensaba en la sonrisa radiante de su madre y la ansia que ella mostraba de comprender todo lo que le interesara a él. Se rio al recuerdo de su padre llevándolo a nadar desnudo en la noche cuando su madre se ocupaba de algo.

The feather floated on, urging him to follow. He followed it deeper into the ocean. The sun's warmth felt good on his balding head. The salt-water spray moistened his over-shaved face.

Margaret lifted up on one elbow, staring in disbelief. Ed was waist deep in the water and had gone in without asking her permission.

"Ed, Ed, you get back here right now! Ed!" Her voice moved in octaves. She squinted, waiting for him to obey her command. Ed did not turn around, nor did he respond. "Ed, Ed, you get yourself right back here now! What would happen to me if you drowned? Ed White, you get yourself back on this shore, now!"

Ed continued on his feather quest. The wind tossed his few short grey hairs. His eyes sparkling with memories, he walked on deeper and deeper into the water. Margaret was squirming in the sand, trying to get up. Her knee surgery made it impossible for her to kneel or stand quickly. Her cataract contacts watered. Pressed-on nails flew all over the beach. The skirt of her swimsuit filled with broken shells and sand.

"Ed White, you get back here! I could die and you would never know it the way you're playing with that feather! Get back here—NOW!"

Ed's vision shifted from the feather to a sea gull which now flew directly at him. Ed watched in amazement, hoping that it would land near him or even on him.

The feather floated back to the beach, gently landing on the sand in front of Margaret. Ed walked towards the flying sea gull. The sea gull opened its mouth, dove, and in an instant disappeared into the water not ten feet in front of Ed. Ed stopped.

Margaret's eyes teared. Frantically, she clawed at the sand, desperate to get up. Her fingers touched the feather. The soft texture quieted her movement. She pressed her knuckles into the soft sand and lifted her large fanny, allowing her legs to straighten and go upright. She studied the feather through her tearing eyes. Then, remembering Ed, she turned.

Ed was walking back to shore. His step was lighter as the waves urged him to the beach. She ran, feather in her fingers, straight to Ed. In ankle deep water, she threw her pudgy pink arms around him.

"Ed, oh, Ed, look! I found a feather, too!"

La pluma siguió flotando, llamándole. La siguió mar adentro. El calor del sol le caía bien a su calva. El rocío del agua salada humedeció su cara, seca por haberse afeitado demasiado.

Margaret se apoyó en el codo, mirando incrédula. Ed se había metido en el mar hasta la cintura, y lo había hecho sin pedirle permiso.

—Ed, Ed, ¡regrésate ahora mismo! ¡Ed! —Su voz subió por octavas. Entrecerró los ojos, esperando a que le obedeciera. Ed ni se volvió ni respondió. —¿Qué será de mí si te ahogas? Ed White, ¡sal de allí inmediatamente!

Ed continuó en busca de la pluma. El viento desarregló sus pocos pelos, cortos y canosos. Con los ojos chispeantes, feliz con los recuerdos, se metió los recuerdos, se metió cada vez más al mar. Margaret se retorcía en la arena, intentando levantarse. Por la cirugía reciente de rodilla le era imposible arrodillarse o pararse rápidamente. Los lentes de contacto para cataratas le hicieron lagrimear. Uñas postizas volaron por toda la playa. La falda de su traje de baño se llenó de conchas rotas y arena.

—Ed White, ¡regrésate! ¡Yo podría morir y ni cuenta te darías, tan ocupado que estás jugando con esa pluma! ¡Vente — ahora mismo!

La mirada de Ed pasó de la pluma a una gaviota que ahora volaba directamente hacia él. Ed miró con asombro, esperando que se posara cerca o encima de él.

La pluma volvió flotando a la playa, posándose suavemente en la arena delante de Margaret. Ed caminó hacia la gaviota volante. La gaviota abrió el pico, se zambulló, y en un instante desapareció en el agua a unos diez pies de Ed. Ed se detuvo.

Los ojos de Margaret le lagrimearon. Desesperadamente, arañó la arena, queriendo ponerse en pie. Los dedos tocaron la pluma. La textura suave le tranquilizó. Empujó con los nudillos de la mano la arena suave y levantó su gran trasero, permitiendo así que las piernas se enderezaran y que se levantara. Se fijó bien en la pluma con ojos llorosos. Luego, acordándose de Ed, volteó.

Ed regresaba a la orilla. Sus pasos se hacían más ligeros conforme las olas le empujaban a la playa. Ella corrió, con la pluma en los dedos, directo a Ed. En el agua que le llegaba a los tobillos, lo abrazó fuerte con los rechonchos brazos rosados.

—¡Ed, oh Ed, mira! Yo también encontré una pluma!

Ed felt her warmth. Her head lay against his hairless chest. Her drooping breasts were pressed against his extended belly and her feet were right on top of his. He grasped her in his arms. Tears fell from his eyes.

"Margaret, it's a lucky feather. We must keep it."

Margaret let her husband hold her. Her toes could feel his feet under hers. She smelled his cologne. The water lapped sensually around them.

"Oh, Ed," Margaret whispered. "Ed, I am so happy, I feel like a kid again."

"Yes, Margaret, I love you. Just don't let go of that feather!"

Sea gulls flew overhead as the setting sun shone orange over the quiet beach.

Ed sintió su calor. Ella apoyaba la cabeza en el pecho lampiño de él. Sus senos caídos apretaban la panza protuberante de Ed y los pies de ella cubrían los suyos. Ed la abrazó fuerte. Le salieron lágrimas—. Margaret, es una pluma que trae buena suerte. Debemos guardarla.

Margaret dejó que la abrazara. Con los dedos de sus pies sentía los pies de él debajo de los suyos. Sentía su agua de colonia. El mar chapoteaba sensual alrededor.

—Oh, Ed, —susurró Margaret—. Ed, estoy muy feliz. Me siento como una niña.

—Sí, Margaret, te quiero. Pero ¡que no sueltes esa pluma!

Las gaviotas volaban por encima de ellos mientras el sol poniente brillaba anaranjado sobre la playa tranquila.

La puerta azul

The Blue Gate

The Blue Gate

Alessandro B. Salimbeni told me this story. He teaches English at Rio Grande High School in the South Valley of Albuquerque, New Mexico. When he talks, his eyes sparkle and bring each word to life.

The blue gate blew gently open in the morning breeze. Crisp, chilly air blew against his face. He hastened his steps as he walked to the chicken coop. Eagerly the chickens awaited him. He pushed open the door, throwing scratch feed into the pen. Quickly they raced to peck at morning's delight. He reached for the eggs, smiling at his feathered girls—six eggs in one day.

In the kitchen, the coffee fogged his clear-framed glasses. He scanned the sports section of the paper for the latest scores of his favorite teams. As he read and reread the sports page, he smiled.

"Ah, four points in the first quarter, good for you." He lifted his coffee mug, slurping the milky substance. He could slurp freely. No problem. Ten minutes to relax then start up the old Volvo and head to school.

He sat back thinking of the day's activities. One stupid assembly with probably some Hispanic talking about the importance of being Hispanic. As if the Hispanic kids had a choice. Most of them ditched or necked during assemblies.

He shook his head. His eyes caught motion in the yard. The blue gate was banging back and forth against the catch post. He watched its even movement, fluid and easy in the soft wind.

He should close it. The chickens could get through if they found a way out of the pen. He sat back and studied the gate, the latch, and the catch pole. If the wind blew hard enough the latch would catch and he

La puerta azul

Alessandro B. Salimbeni me contó esta historia. Es profesor de inglés en el Rio Grande High School en el South Valley de Albuquerque, Nuevo México. Cuando habla, sus ojos echan chispas y animan cada palabra.

La puerta azul abrió lentamente con la brisa de mañana. El aire fresco le sopló en la cara. Apresuró el paso mientras caminaba al gallinero. Las gallinas lo esperaban con ansiedad. Empujó la puerta y les echó granos de maíz. Corrieron a picotear las delicias de la mañana. Recogió los huevos y sonrió a sus chicas emplumadas — seis huevos en un solo día.

En la cocina, el café empañó sus lentes de montura clara. Repasó la sección deportiva del periódico buscando los últimos resultados de sus equipos preferidos. Mientras leía y volvió a leer la página deportiva, se sonrió.

— Ah, cuatro goles en el primer cuarto, excelente. —Alzó el tazón de café, sorbiendo el líquido lechoso. Podía hacer ruido al sorber. Sin problemas. Diez minutos para relajarse y luego poner en marcha el viejo coche volvo y dirigirse a la escuela.

Se reclinó pensando en las actividades del día. Una asamblea tonta probablemente con algún hispano hablando de la importancia de ser hispano. Como si los chicos hispanos tuvieran alternativa. La mayoría de ellos desaparecían o se acariciaban durante las asambleas.

Movió la cabeza. Sus ojos percibieron un movimiento en el corral. La puerta azul daba golpes contra el poste. Observó su suave movimiento, fluido y regular en la brisa dulce.

Debería cerrarla. Las gallinas podrían salir si lograban escapar del gallinero. Se reclinó y consideró la puerta, el cerrador, y el poste. Si el

wouldn't have to bother unlocking the back door, going out, hooking the gate, coming back in and re-locking the back door.

He waited, watching. The gate moved back and forth in the morning breeze. The latch just missed the catch pole. The gate swung open easily, steadily. Then it swung shut ever so lightly, but did not catch.

He put down the paper. He stood, slurping his coffee, watching the gate. It wouldn't catch. He glanced at the clock. Time to go or he would be late.

He was always first at the school. He was first to open, first to answer the phone, first to get everything in order. If he was late, it wouldn't look good, at least not to him. He watched the gate swing open. He looked for his carry bag with graded papers, syllabus, outlines, and dictionary. His smokes were in the side pocket, his dark glasses in the other side pocket, and his keys...they were stuck halfway in his back pants pocket. His tie was straight, his shoes polished, his hair combed. He was ready to go.

The gate swung closed, then swung open. It waited for him. Five minutes late—that's what he'd be. He pulled his keys from his pocket and unlocked the back door. He took even strides to the blue gate. His hand hit the open gate hard and it clanged shut then bounced open. He firmly shut it—latch down—gate closed. He turned, scowling—he would be late.

The gate made a rattling sound and blew open. He turned in disbelief. He had shut it, firmly. The gate swung back and forth. He retraced his steps back to the gate. He lifted it to the catch pole, firmly pushed it shut, wiggled it, pulled on it. It was shut. He strode back to the house, entered, closed and re-locked the back door. He picked up his carry bag and surveyed the room. The coffee mug. He took the coffee mug into the kitchen and washed it out in the sink. Turning to leave he glanced once more out the window.

The gate was open! He looked at the clock. Ten minutes! Ten minutes late! He yanked the keys from his pocket, unlocked the back door, ran to the gate as it swung shut, catching on the catch pole. He shook the gate. It was firm. It would not open.

viento soplaría fuerte el cerrador se engancharía y no tendría la molestia de abrir con llave la puerta trasera, salir, cerrar la puerta del corral, volver, y cerrar de nuevo la puerta trasera.

Esperó, mirando. La puerta iba y venía en la brisa de la mañana. Por poco el cerrador tocaba el poste. La puerta se abría de par en par fácilmente, sin parar. Luego se cerraba muy ligeramente sin engancharse.

Dejó el periódico. Se puso en pie, sorbiendo el café, mirando la puerta. No se engancharía. Echó un vistazo al reloj. Ya era hora para salir o llegaría tarde.

Era siempre el primero en llegar a la escuela. Era el primero en abrir, primero en contestar el teléfono, primero en poner todo en orden. Si llegara tarde, no se vería bien, al menos por él mismo. Miró abrir la puerta de par en par. Buscó su portafolios con trabajos calificados, programas de estudios, apuntes y diccionario. Sus cigarrillos estaban en el bolsillo de lado, los lentes oscuros en el bolsillo del otro lado, y las llaves...estaban metidas a medias en el bolsillo trasero de los pantalones. Tenía la corbata bien puesta, los zapatos pulidos, el pelo peinado. Estaba listo para partir.

La puerta se cerró, luego volvió a abrirse. Lo esperaba a él. Atrasado por cinco minutos — así llegaría. Sacó las llaves del bolsillo y abrió la puerta trasera. Anduvo a grandes pasos a la puerta azul. Su mano pegó fuerte la puerta abierta y se cerró con un sonido metálico, luego se abrió rebotada. La cerró bien — cerrador en su lugar — puerta cerrada. Volteó ceñudo — llegaría tarde.

Con un ruido metálico, la puerta se abrió de nuevo con el viento. Él volteó sin dar crédito. La había cerrado, bien. La puerta iba y venía. Volvió sobre sus pasos hasta la puerta. La juntó con el poste, cerró con firmeza, sacudió, empujó. Cerrada. Volvió a zancadas a la casa, entró, cerró con llave la puerta trasera. Levantó el portafolios y contempló el cuarto. El tazón. Lo llevo a la cocina y lo lavó en el fregadero. Al punto de salir, echó una ojeada por la ventana.

¡La puerta estaba abierta! Miró el reloj. ¡Diez minutos! ¡Diez minutos de retraso! Sacó de un tirón las llaves, abrió la puerta trasera, corrió a la puerta mientras se estaba cerrando, enganchándose al poste. Sacudió la puerta. Se quedaba firme. No se abriría.

He walked in the back door, quickly shut it and grabbed his carry bag. Leaving, he locked the front door, hurried to the car, and started the engine. Backing out of the driveway, he noticed the blue gate was shut. Staying shut.

He drove into the parking lot of the school. Cars were already there. He grabbed his carry bag and jumped out. As he leaned forward to lock the car door, he shook his head. He hadn't locked the back door! Driving back to the house, he ground his teeth. That damn gate! If it weren't for the gate he would be organized by now. The students would be in the classroom by the time he got back. This wouldn't do, not at all.

He drove the car to the house, ran to the back door and opened it. Yup, he had forgotten to lock it. He pulled it shut, but the keys were still in the car. He ran to the car, stopped the engine, took the keys and raced to the back door. He locked it firmly. Then he strode back to the car and glanced again at the house. The blue gate was open!

"Too bad, stay open!"

He drove back to the school. The campus was deserted. He jogged to his classroom. Unlocking the door, he placed his papers in the proper trays, wrote outlines on the blackboard, and waited. Nothing happened. The first bell rang as he stood by the door.

The janitor walked by with a pushbroom and smiling at him, asked, "Hi, you putting in overtime?"

"No, I'm ready for school to start!" His frustration overrode his patience.

The janitor smiled his toothless smile once more. "It did start. Everyone's at assembly." The janitor disappeared around the side of the building.

He shut the classroom door. He had missed the start of assembly. He couldn't go in now—everyone would see him come in late. "Just as well," he smiled. "Now I can plan next week."

He locked the classroom door and returned to his desk. He wrote for a few minutes. Suddenly he looked up, out the window. "The blue gate— I wonder if it ever closed?"

Entró y cerró rápido la puerta trasera y agarró el portafolios. Al salir, cerró con llave la puerta principal, corrió al coche y arrancó. Mientras salía, dando marcha atrás, observó que la puerta estaba cerrada. Todavía cerrada.

Entró en el estacionamiento de la escuela. Ya había coches. Agarró el portafolios y bajó de un salto. Inclinándose para cerrar con llave la portezuela, movió la cabeza. ¡No había cerrado con llave la puerta trasera de la casa! Manejando de regreso a la casa, apretó los dientes. ¡Puerta maldita! Si no fuera por ella, tendría todo organizado ya. Los estudiantes estarían en el salón para cuando regresara a la escuela. No era aceptable, en absoluto.

Manejó hasta la casa. Corrió a la puerta trasera y la abrió. Sí, se le había olvidado cerrarla con llave. La cerró, pero había dejado las llaves en el coche. Corrió al coche, apagó el motor, cogió las llaves y corrió a la puerta trasera. La cerró bien con llave. Regresó con grandes pasos al coche y echó una mirada a la casa. ¡La puerta azul estaba abierta!

—Ni modo, ¡quédate así!

Manejó de regreso a la escuela. Parecía desierta. Corrió al salón. Abrió, colocó los papeles en su lugar, escribió los apuntes en la pizarra, y esperó. No pasó nada. Sonó la primera campana mientras estaba parado en la puerta.

El hombre de la limpieza pasó con una escoba. Sonriéndole preguntó:
—¿Hace usted horas extraordinarias?

—No, ¡estoy listo para empezar la escuela! —La frustración pasó por encima de la paciencia.

El hombre mostró de nuevo la sonrisa desdentada—. Pero si ya empezó. Todos están en la asamblea. —Desapareció dando vuelta al edificio.

Cerró la puerta del salón. Había perdido el principio de la asamblea. No podía entrar ahora — todos lo verían entrar tarde. Sonrió:— Mejor así. Ahora tengo tiempo para planear para la semana que viene.

Cerró con llave la puerta del salón y volvió al escritorio. Escribió por unos minutos. De pronto levantó la cabeza y miró por la ventana:— La puerta azul, ¿se habrá cerrado?

Los cambiacuerpos

Body Changing

Body Changing

The old store in Tres Piedras, New Mexico, was filled with people around five o'clock in the afternoon. I was overhearing two elderly women discussing the spirits who live in the mountains. An elderly man interrupted them to tell them of the Body Changers who live near the Frijoles river further southwest. Fifteen people gathered to listen to this impressive tale. "The Body Changers are still there," he said—he had almost been caught by them several times.

Sylvia sat at the kitchen table. She held an old black and white photo in her hand. Lifting her right foot up to her lap, she tucked it over her left thigh. Sylvia glanced at the clock on the wall. Paul was fifteen minutes late. She lifted the iced tea to her lips, continuing to stare at the photo.

In the photo Paul stood proudly in new swimming briefs next to a tall brunette. The brunette was in a bikini with curves which made Sylvia curse. Paul was smiling. The woman appeared to be pleased and sexy. Sylvia stared at the wall clock. Seventeen minutes late. Where was he?

Paul pressed the garage door opener. The garage door slowly opened, revealing the junk he needed to put away. He lifted his briefcase from the back seat of the car and sighed. This had been a Friday to end all Fridays. He had worked on five sales jobs and not one of them had paid off. He loosened his tie as he strode through the front door.

"Hi, I'm home." His voice echoed through the living room to the kitchen.

"Paul! I'm in the kitchen!" Sylvia's voice echoed back to him. Paul dropped his briefcase beside his desk and threw his brown suit jacket over the chair. He pulled off his green tie, draping it over the jacket. Then he turned and walked into the kitchen.

"Sylvia, I am starved!" He noticed that the kitchen was clean without a trace of fixed food. "Would you like me to fix dinner?"

Los cambiacuerpos

La vieja tienda en Tres Piedras, Nuevo México, estaba llena de gente a eso de las cinco de la tarde. Yo escuchaba a dos viejitas que hablaban de los brujos que viven en las montañas. Un viejito les interrumpió para contarles de los cambiacuerpos que viven cerca del río Frijoles más al suroeste. Quince personas se acercaron para escuchar este cuento impresionante—. Los cambiacuerpos siguen allí —dijo. Por poco lo agarran más de una vez.

Sylvia estaba sentada en la mesa de cocina. Tenía en la mano una vieja foto a blanco y negro. Levantando el pie derecho al regazo, lo metió sobre el muslo izquierdo. Echó una mirada al reloj en la pared. Paul tenía quince minutos de retraso. Levantó el té helado a la boca sin dejar de mirar la foto.

En la foto, Paul estaba parado orgulloso en traje de baño nuevo junto a una morena alta. La morena vestía un bikini, con curvas que hacían maldecir a Sylvia. Paul estaba sonriendo. La mujer parecía contenta y sexy. Sylvia miró el reloj de pared. Diecisiete minutos de retraso. ¿Dónde estaría?

Paul apretó el abrepuertas del garaje. La puerta abrió lentamente, dejando ver los trastos que tenía que arreglar. Levantó su portafolios del asiento trasero del coche y suspiró. Había sido un viernes de pesadilla. Se había esforzado en cinco ventas y ninguno había resultado. Aflojó la corbata mientras entró con grandes pasos por la puerta delantera.

—Hola, ya llegué. —Su voz rebotó de la sala a la cocina.

—¡Paul! ¡Estoy en la cocina! —La voz de Sylvia le contestó. Paul dejó caer el portafolios junto al escritorio y tiró su saco marrón sobre la silla. Se quitó de un tirón su corbata verde, poniéndola sobre el saco. Luego volteó y entró en la cocina.

—Sylvia, ¡estoy muriendo de hambre! —Observó que la cocina estaba limpia, sin indicio de comida preparada—. ¿Quieres que yo prepare la cena?

"Paul, come over here, I have something to show you." Sylvia's voice bordered on angry. Paul shrugged. The food would have to wait.

He stood behind his wife and rubbed her neck and shoulders, then bent down and kissed her soft skin. His eyes noticed the photo in Sylvia's hand.

"What's this? An old photo of you in your modeling days?"

"No!" Sylvia's voice barked back at him.

He pulled out a chair and sat down abruptly. "Well, someone is not in a good mood. What did I do now?" Paul ran his fingers through his thick salt-and-pepper hair. He watched Sylvia's blue eyes. They always gave her away.

"Who is this woman?" She half threw, half handed him the photo.

Paul picked it up from the table where it had fallen face down. He scanned the photo and laughed. "This is a photo taken at a convention two years ago. The woman's name is Cynthia and she was from Mexico City. Why?"

"Why?" Sylvia jerked to stand. Her face was red and her mouth puckered. "Why? We were married four years ago, remember? Four years ago!" She stood, squeezing the back of the kitchen chair.

"Yes...I do remember..." Paul's voice softened as her tone increased.

"Well, what were you doing on the beach with this beautiful Cynthia if you were—ARE—married to me?" Sylvia pushed her long blonde hair back over her shoulder.

"For one, there was nothing personal. She was one of the representatives for a manufacturer we were going to represent. We went to the beach with four other people, Sylvia! Someone took this picture and there was nothing to it. Nothing." Paul leaned forward, putting the photo on the table.

"Then why did you keep the photo?" Her voice was sharp, daggered with pain.

"I didn't keep the photo. It was just there...where did you find it?" Paul's childlike face shone with innocence.

"In your suitcase! I was packing your things for Tuesday's trip, like a dutiful wife! It was carefully hidden in the side pocket of your suitcase!" Her face twisted with cynicism as she spoke.

"Well, I didn't even know it was there and I haven't thought about it! Not once!" Paul stood up. "I am not going to let a dumb photo ruin my marriage!" He grabbed the photo and tore it to pieces, letting the shreds fall into the wastebasket. "I'm going to fix us something to eat."

—Paul, ven. Tengo algo que mostrarte. —La voz de Sylvia parecía enojada. Paul se encogió de hombros. La cena tendría que esperarse.

Se puso detrás de su mujer y le acarició el cuello y los hombros, luego se inclinó y besó su piel suave. Entonces se dio cuenta de la foto en la mano de Sylvia.

—¿Qué es esto? Una antigua foto de ti en la época de ser modelo?

—¡No! —gritó Sylvia.

—Paul apartó una silla de la mesa y se sentó bruscamente—. Pues, se nota que no estás de buen humor. ¿Qué hice esta vez? —Se pasó la mano por su espeso pelo canoso. Miró los ojos azules de Sylvia. Siempre la descubrieron.

—¿Quién es esta mujer? —Sylvia casi le tiró la foto.

Paul la tomó de la mesa donde había caído cara abajo. Echó una ojeada a la foto y rio: —Esta foto la sacaron en una conferencia hace dos años. La mujer se llama Cynthia y era de México, D.F. ¿Por qué?

—¿Por qué? —Sylvia se paró de golpe. Tenía la cara roja de ira, la boca apretada. —¿Por qué? Nos casamos hace cuatro años, te acuerdas? ¡Hace cuatro años! —Se mantenía a pie, apretando el respaldo de la silla de cocina.

—Sí...claro que me acuerdo... —la voz de Paul se bajaba conforme la suya se ponía más fuerte.

—Pues, ¿qué hacías en la playa con esta bella Cynthia si eras —eres —casado conmigo? —Sylvia echó su largo pelo rubio sobre el hombro.

—Para empezar, no fue nada personal. Era era una de los representantes de un fabricante que íbamos a representar. Fuimos a la playa con cuatro personas más, Sylvia. Nos tomaron la foto y no había nada más. Nada. —Paul se inclinó y puso la foto en la mesa.

—Pues ¿por qué guardaste la foto? —La voz de Sylvia estaba aguda, puñalada de dolor.

—No guardé la foto. Estaba allí nomás...¿Dónde la encontraste? —La cara juvenil de Paul brillaba con toda inocencia.

—¡En tu maleta! Yo estaba empacando tus cosas para el viaje del próximo martes, como buena mujer . Estaba bien escondida en el bolsillo lateral de tu maleta. —Hizo una mueca burlona mientras hablaba.

—Pues, yo no sabía que estaba y no había pensado en ella. ¡Ni una vez! —Paul se puso de pie —. No voy a permitir que se eche a perder mi matrimonio por una foto ridícula! —Agarró la foto y la rompió, dejando caer los pedazos en la papelera—. Voy a prepararnos algo para cenar.

Sylvia laughed a haughty, evil laugh. "Go ahead! Fix yourself something to eat! I'm outta here!"

Paul swiveled around. Sylvia grabbed her scarf which had been on the counter and ran out the door. He shook his head. She would come back, she always did. Paul opened the refrigerator. He was hungry. He was going to fix dinner.

The wall clock showed Sylvia had been gone for over two hours. She had run off into the forest of Las Mañas at night. Paul frowned. Las Mañas had a reputation for being haunted. Sylvia had loved the idea of living near a haunted forest, but even though she talked tough, she had never gone for a walk in the forest without him and they always went during the day.

Paul walked to the coat closet. He pulled on his down jacket. The weather was cold for November and Sylvia would be cold as well. He pulled her leather coat from the hanger and threw it over his arm. He grabbed the flashlight from the garage workbench and strode out to find his wife.

He walked the perimeter of the forest hugging Sylvia's leather coat. It was cold and she was running around in thin jeans and an old work shirt with a scarf around her neck. "Women!" he muttered as he kicked an old branch with his boot.

He flashed his light beam over the chamisa bushes and high ponderosa pine trees. "Sylvia! Sylvia! Come home! Sylvia, you are making something out of nothing!"

Paul shined the light into a thick grove of juniper. There was a movement. He hurried through the bush without a thought. There his light found Sylvia. She was running away from him, wildly, through the trees into a clearing. Paul quickly followed.

Sylvia's jeans were torn, her shirt was ripped in the back, her scarf was around her head. Paul called after her, "Sylvia, I love you! Stop and let's talk, please stop!"

She continued to run. Paul dropped her leather coat when it stuck on a low tree branch. He raced after her and then he saw her stop. She turned slowly, slowly, facing him. Paul gasped. Sylvia's body was whole, but her face! Her face was distorted and big. She put her arms out to him. Her fingers were bloody, but the golden wedding band sparkled in the light of the flashlight. Paul walked slowly towards her.

She cried out and ran towards the Frijoles river. Paul followed. The flashlight knocked against a low branch and jerked from his hand. He didn't stop. He could hear her heavy breathing ahead of him.

Sylvia dio una risa altanera y maliciosa: — Allá tú. Hazte algo que comer. ¡Yo me largo de aquí!

Paul dio vuelta. Sylvia agarró su mascada del tocador y salió corriendo por la puerta. Paul movió la cabeza. Regresaría, siempre regresaba. Abrió el refrigerador. Tenía hambre. Iba a preparar la cena.

El reloj de pared indicaba que hacía más de dos horas que Sylvia estaba fuera. Se había metido en el bosque de Las Mañas por la noche. Paul frunció las cejas. Las Mañas tenía fama de ser embrujado. A Sylvia le había encantado la idea de vivir cerca de un bosque embrujado, pero aunque hablaba con bravura, nunca había caminado en el bosque sin él y siempre iban en el día.

Paul fue al ropero de abrigos. Se puso la chaqueta de plumón. Hacía frío para noviembre y Sylvia tendría frío también. Quitó del gancho el abrigo de cuero de Sylvia y lo echó sobre su brazo. Agarró la linterna del banco de trabajo en el garaje y salió a zancadas en busca de su mujer.

Caminó por la orilla del bosque, abrazando el abrigo de Sylvia. Hacía frío y Sylvia vestía nomás ligeros pantalones vaqueros, una camisa de mezclilla y una mascada en el cuello—. ¡Mujeres! —masculló Paul, pateando una rama vieja con la bota.

Dirigió el rayo de la linterna a los chamisos y a los altos pinos —. ¡Sylvia! ¡Sylvia! Regresa a casa. Sylvia, ¡exageras la cosa!

Paul dirigió el rayo a un grupo de cedros. Hubo movimiento. Se metió por el matorral sin pensar. Allí la luz encontró a Sylvia. Huía de él, locamente, por los árboles, hasta llegar a un claro. Paul la siguió de prisa.

Sylvia tenía los pantalones rotos, la camisa partida por la espalda, la mascada sobre la cabeza. Paul le gritó:— Sylvia, ¡te quiero! Párate y hablemos, por favor, ¡párate!

Sylvia siguió corriendo. Paul dejó el abrigo de cuero cuando se enganchó en una rama baja. Corrió tras ella y luego la vi parar. Volteó lentamente, lentamente, a darle la cara. Paul se quedó boquiabierto. El cuerpo de Sylvia era intacto, pero ¡la cara! La cara de ella estaba deformada y enorme. Sylvia le tendió los brazos. Los dedos estaban sangrientos, pero el anillo de bodas de oro chispeaba en la luz de la linterna. Paul se le acercó lentamente.

Ella gritó y se echó a correr hacia el río Frijoles. Paul la siguió. La linterna chocó contra una rama baja y se le cayó de la mano. Paul no se detuvo. Podía oir el jadeo de Sylvia más adelante.

Sylvia's figure shot out of the forest and ran along the soft, sandy shore of the Frijoles river. She slowed at the river's edge. Paul called to her. "Sylvia! Enough of this, you're scaring me!"

Sylvia's left hand reached out to him. Paul reached out, then stopped. Her eyes were sunken. They were brown, not blue. Her mouth was open without lips, revealing huge jagged teeth. Blood oozed from around her neck. Clumps of short, matted black hair stuck out around her scarf.

"Sylvia?" Paul cautiously stepped back, his heart pounding in his chest. He gasped, "Sylvia?"

The figure rushed at him, shoving him toward the river. Paul retreated into the river water. He let the water lap at his legs as the figure moved closer and closer. Her hands reached for him.

"No!" Paul jerked back, falling into the river. The current pulled his legs out from under him. He was buoyant for a moment. His heavy fleece-lined jacket quickly soaked up water, pulling him under. Frantically, he gasped for air as his hands ripped the jacket loose from his body.

Free of the jacket, he swam to the opposite shore. Behind him he could hear splashing. Paul's feet touched mud. He struggled to stand and staggered to shore. He heard gurgling sounds following him.

Paul ran. He plunged through the pine trees. There in a clearing was an old log cabin. A light glowed through the closed curtains of one of the windows. He flung his arms wildly as he raced to the door. He shoved it open, falling over something solid, and crashed to the floor.

Paul lifted his legs over the solid object which had tripped him. Turning hurriedly to see if Sylvia was behind him, he saw, by the door, a dead headless figure on the floor.

"Welcome," said a gravelly voice.

A distorted, wrinkled, timeless grey face confronted him. The body was that of a young man, but the head—the head was ugly and old. Paul turned as a figure stepped over the body in the door. It was Sylvia!

"Here he is! I chased him here for you." The distorted face on Sylvia's body smiled with its huge gaping mouth. Paul scurried back, frantically searching for something to protect himself. A heavy blow smashed in his skull.

Neighbors stopped by Paul and Sylvia's. The lights were on. A dirty dish sat in the sink, growing mold. Paul's briefcase was in his office, Sylvia's purse on the front chest. No one knew what happened to them. But then, they were young and in love, and who knows what young lovers do?

La figura de Sylvia salió disparada del bosque y corrió por la blanda orilla arenosa del río Frijoles. Aminoró el paso al llegar al borde del río. Paul le gritó:—¡Sylvia! ¡Ya basta, me das miedo!

Sylvia le tendió la mano izquierda. Paul le alargó la mano, luego se detuvo. Ella tenía los ojos hundidos. No eran azules sino marrones. Tenía la boca abierta sin labios, dejando ver enormes dientes afilados. Le salía sangre del cuello. Mechones enmarañados de pelo negro sobresalían de la mascada.

—¿Sylvia? — Paul dio paso atrás, el corazón latiendo violentamente en su pecho. Dijo con voz entrecortada:—¿Sylvia?

La figure se precipitó hacia él, empujándolo al rio. Paul retrocedió y entró en el agua. Dejó que el río le lamiera las piernas mientras la figura se le acercaba cada vez más, intentando alcanzarlo.

—¡No! —Paul se lanzó para atrás, cayendo en el río. La corriente le jaló las piernas. Flotó por un momento. Su pesada chaqueta forrada de plumón absorbió rápido el agua, arrastrándolo hacia abajo. Desesperadamente, hizo esfuerzos para respirar mientras sus manos arrancaron la chaqueta de su cuerpo.

Liberado de la chaqueta, nadó a la otra orilla. A sus espaldas, se oía el chapoteo del agua. Sus pies tocaron lodo. Hizo un esfuerzo por pararse y se tambaleó a la orilla. El sonido de borboteos lo seguían.

Paul corrió. Se precipitó por los pinos. Allí en un claro estaba una cabaña de troncos. Una luz brillaba por las cortinas cerradas de una ventana. Frenético agitó los brazos mientras corría a la puerta. La abrió de un empujón, tropezando con algo sólido, y se estrelló contra el suelo.

Paul quitó sus piernas del objeto sólido que lo hizo tropezar. Volteando rápidamente para ver si Sylvia estaba atrás de él, vio, cerca de la puerta, un cadaver sin cabeza en el piso.

—Bienvenido — dijo una voz ronca.

Una cara deformada, arrugada, eterna y gris le enfrentó. Tenía cuerpo de joven, pero la cara — la cara era fea y vieja. Paul se volvió y vio una figura que pasaba por encima del cadaver en la puerta. Era Sylvia.

—Aquí está. Lo perseguí hasta aquí, trayéndolo para ti. — La cara deformada sobre el cuerpo de Sylvia sonrió con su enorme boca abierta. Paul corrió para atrás, buscando desesperadamente algo con qué protegerse. Un golpe fuerte le rompió el cráneo.

Los vecinos pasaron por la casa de Paul y Sylvia. Las luces estaban prendidas. Un plato sucio se encontraba en el fregadero, enmoheciéndose. El portafolios de Paul estaba en la oficina, la bolsa de Sylvia en el tocador. Nadie sabía qué les había ocurrido. Pero, pues, eran jóvenes y estaban enamorados, y ¿quién sabe lo que hacen aquéllos?

Hueso de tobillo

Ankle Bone

Ankle Bone

Ankle Bone's story is very old and has been told to me several times. The first time I heard it was from a fellow patient of the dentist Dr. Redman in Española, New Mexico. He was trying to keep my mind on something other than bloodied cotton. The last time I heard this story was on a plane trip to St. Louis. An East Indian told me his version, perhaps to keep my mind off crashing. How amazingly universal stories are.

Twelve-year-old Peter stared at the remains of his home. Heavy rains had fallen the night before. The flat mud roof had become saturated with moisture. He had awakened in the middle of the night, hearing the roof crack. As he ran outside to see what was happening, the roof fell in. It caved in on his mother and father, crushing and suffocating them.

Peter watched as neighbors pulled his home apart. They gathered clothing, pots and pans, and some dried meat which had been protected by the wooden cupboards.

An officer of the village spoke sadly to Peter. "Peter, you must go live with your aunt. She is a wealthy woman who has many sheep. She will care for you. She is your only family now."

Unhappily, Peter walked from the village. He followed the road over the hill, through the pine forest, across a stream to his aunt's home. He knocked on her heavy wooden door and waited.

The door opened slowly. A sharp, elderly woman faced Peter. "What do you want?"

He stared at his aunt's black high-buttoned shoes. "I am Peter, your nephew. My mother and father were killed when the house fell in from the rains...I have come to live with you. You are my only family."

Aunt stared at Peter. "I cannot take you in! I am old and don't know the ways of children. Don't you have someone else who can take you?" Her voice was harsh, cold.

Hueso de tobillo

El cuento de Hueso de Tobillo es muy viejo y me lo han contado varias veces. La primera vez me lo contó otro paciente de mi dentista, el doctor Redman, en Española, Nuevo México. Intentaba hacer que no pensara yo en el algodón manchado de sangre. La última vez que escuché este cuento fue en un avión que volaba a St. Louis, Missouri. Un hombre de la India me dijo su versión, tal vez para hacer que no pensara en una caída. ¿No es increíble lo universal que sean los cuentos?

Peter, un muchacho de doce años de edad, contempló los restos de su casa. Había llovido fuerte la noche anterior. El techo plano de tierra se había saturado de humedad. Peter se había despertado en el medio de la noche al oir que el techo se rompía. Salió corriendo para ver qué pasaba. En ese momento, el techo se desplomó. Se cayó sobre su madre y su padre, aplastando y ahogándolos.

Peter miró a los vecinos que revisaban su casa. Juntaron ropa, trastes, y un poco de carne seca que fue protegida del derrumbe por el trastero de madera.

Un oficial de la aldea le habló con tristeza:— Peter, debes irte a vivir con tu tía. Es rica y tiene muchos borregos. Te cuidará. Es la única familiar que tienes ahora.

Desconsolado, Peter se fue caminando de la aldea. Siquió el camino que subía un cerro, pasaba por un bosque de pinos, y cruzaba un arroyo para llegar a la casa de su tía. Tocó en el portón de madera y esperó a que le abrieran.

La puerta se abrió lentamente. Allí estaba una vieja severa. —¿Qué quieres?

Peter miró los zapatos negros de botones de su tía. —Soy Peter, su sobrino. Mis padres murieron cuando la casa se derrumbó por las lluvias....Vengo para vivir con usted. Usted es mi única familia.

Tía lo miró:— No puedo cuidarte. Soy vieja y no sé cómo son los niños. ¿No tienes a nadie más que te pueda ayudar?— Su voz era dura, fría.

"No...you are my only family." Peter fought back his tears.

"Well! Then you had best come in. I am eating dinner and shall share some with you. If you live with me, then you shall have to work for me. I have a lazy sheepherder, you can do his work for room and food." Her voice did not change pitch or mood as she led him into her small, neat kitchen.

Peter sat on the chair at the table, quietly eating posole and beans. He ate slowly, not daring to look up.

Aunt showed him a place to sleep in the barn. She told him to take the sheep out on the mountain as the sun rose early in the morning. He was to stay with the sheep all day and she would only feed him dinner. Throwing an old cotton blanket at him, she left him alone in the dark barn.

Peter awoke early with the sun. He took the sheepherder's crook and herded the sheep to the greenest pasture on the mountain, singing the songs his mother had taught him.

As the sheep settled into eating the fresh grass, Peter began to feel tired and hungry. He sat down and leaned against a tree. Hearing a cat growl, he jumped up. He grabbed the sheepherder's crook for protection. There in front of him stood a huge, hungry bobcat.

"Leave my sheep alone! If you are hungry, find something else to eat! Go away!" Peter jabbed the sheepherder's crook at the bobcat.

Bobcat smiled, watching Peter. "You are hungry, too. I could hear your stomach grumbling from over the hill. Let's eat a sheep and share it. I am a reasonable bobcat and willing to share."

"No! Go away and leave my sheep alone!"

"These are your sheep? Why don't I eat you and leave the sheep alone?"

"No! These are my aunt's sheep! She would not like you to eat them! Go away!" Peter poked the sheepherder's crook at the bobcat. Bobcat lazily batted at it.

"I have a better idea. Why don't you ask your aunt which she would prefer. Ask her if she would have me eat you rather than the sheep." Bobcat rolled over, rubbing his back on the wet grass.

"No! Go away!"

Bobcat rolled on his side, swiping the crook with his paw. "You are a tough little fellow aren't you? What are you so angry about? I just thought since your stomach was empty, well, we could share a meal."

—No...usted es mi única familia. —Peter contuvo las lágrimas.

—¡Vaya! Pues mejor entres. Estoy cenando y puedo compartir algo contigo. Si vives conmigo, tendrás que trabajar para mí. Tengo un pastor perezoso, puedes hacer el trabajo de él a cambio de cama y comida. —Su voz no cambió ni de tono ni de humor mientras lo llevaba a su pequeña cocina limpia.

Peter se sentó en una silla en la mesa y comió posole y frijoles en silencio. Comió despacio sin atreverse a llevantar los ojos.

Tía le mostró un lugar en el establo donde podía dormir. Le dijo que llevara los borregos a la montaña al amanecer y que se quedara con ellos todo el día. Le dijo que sólo la cena le daría. Tirándole una vieja cobija de algodón, lo dejó solo en el establo oscuro.

Peter se despertó temprano con el sol. Tomó el bastón y llevó los borregos al pasto más verde de la montaña, cantando las canciones que su madre le había enseñado.

Cuando las ovejas se pusieron a pastear, Peter empezó a sentirse cansado y a tener hambre. Se sentó, recostándose en un árbol. Al oir un gruñido, dio un salto. Agarró el bastón de pastor para protegerse. Justo enfrente de él estaba un gato montés grande y hambriento.

—¡No molestes mis borregos! Si tienes hambre, busca otra cosa para comer. ¡Lárgate! — Peter intentó darle una lanzada con el bastón.

Gato Montés sonrió, mirando a Peter. —Tú también tienes hambre. Oí gruñir tu panza desde el otro lado del cerro. Vamos a comer un borrego juntos. Soy razonable y dispuesto a compartir.

—¡No! ¡Lárgate! ¡No molestes mis borregos!

—¿Son tuyos estos borregos? ¿Por qué no te como a ti y dejo en paz los borregos?

—¡No! Son de mi tía. No le gustaría que los comieras. ¡Fuera! —Peter le amenazó con el bastón. Gato Montés levantó la pata sin ganas .

—Tengo mejor idea. ¿Por qué no le preguntas a la tía lo que prefiere? Pregúntale si prefiere que te coma a ti en vez de los borregos. —Gato Montes se revolcó en el pasto mojado.

—¡No! ¡Lárgate!

Gato Montés volteó al costado, golpeando ligeramente el bastón —. ¡Qué chico más atrevido! Pero, ¿ por qué tan enojón? Sólo pensé que tenías la panza vacía y podríamos comer juntos.

Smiling, Bobcat added, "I will go and find something else to eat for today. But tomorrow I will meet you here and you must tell me what your aunt says. Ask her if she would rather have me eat you or her sheep. You tell me the answer tomorrow." He bounded away into the forest.

The sun touched the horizon. Peter herded the sheep home and put them in the pen. He gave them fresh water from the well. Then he stood outside of the barn, patiently waiting for his aunt to call him to dinner.

Finally, the lights in the house went on and smoke from the kitchen stovepipe told him his aunt was cooking. Peter waited. Just as he decided his aunt had forgotten him, she appeared at the door to call him in for dinner.

He followed her into the kitchen. He sat quietly, eating his food slowly. His aunt said nothing. When Peter finished eating everything on his plate, he asked her, "If there was a bobcat who was very hungry and he wanted something to eat, would you prefer him to eat me or one of your sheep?"

His aunt studied his face. "You are a strange one! I paid money for my sheep and you came to me without invitation. I would have to ask the bobcat to eat you." Aunt cleared the table. She watched him wash the dishes.

Peter retreated to his bed in the barn. He lay on the hay with the worn cotton blanket wrapped around his legs, thinking of his mother and father. He thought of his village and his friends.

The sun rose early on the next cold morning. Peter was already herding the sheep up the mountain. He watched for the bobcat, but there was no sign of him. Peter herded, retrieved, and watched his aunt's sheep. Day moved to evening and he started back down the mountain. At the edge of a canyon sat Bobcat. He ambled up to Peter.

"Did you ask your aunt?"

"Yes. I did."

"What was her choice? Am I to eat you or the sheep?"

Peter whispered. "My aunt says you should eat me."

Bobcat moved faster than lightning. Peter was eaten before the sheep even knew time had passed. Bobcat coughed. He coughed again. He spit an ankle bone from his throat. The bone fell down, down, down, landing in a tree branch near the stream at the bottom of the canyon.

The sheep wandered along the mountain. Bobcat ate several young lambs, then crawled away into the forest to sleep. Aunt awoke from her

Sonriente, añadió:— Ya te dejo y para hoy buscaré otra cosa que comer. Pero mañana nos veremos aquí y tendrás que contarme lo que tu tía dice. Pregúntale si preferiría que te comiera a ti o sus borregos. Mañana me dirás la respuesta. — Se fue dando saltos por el bosque.

El sol se puso en el horizonte. Peter regresó a casa con los borregos y los metió en el corral. Les echó agua fresca del pozo. Luego se quedó fuera del establo, esperando pacientemente a que su tía le llamara a cenar.

Por fin se prendieron las luces en la casa y el humo que salía de la estufa de la cocina le avisó que su tía estaba cocinando. Peter esperó. Justo cuando decidió que su tía se había olvidado de él, ella apareció en la puerta para llamarle a cenar.

Entró en la cocina tras ella. Se sentó y se puso a comer sin decir nada, comiendo lentamente. Su tía no dijo nada. Al acabar con todo lo que estaba en su plato, Peter le preguntó a su tía:— Si hubiera un gato montés que tenía mucha hambre y quisiera comer algo, ¿preferiría usted que me comiera a mí o a un borrego suyo?

Su tía le escrutó la cara —. ¡Qué raro eres! Pagué dinero por mis borregos mientras tú me llegaste sin invitación. Tendría yo que pedir al gato montés que te comiera a ti. —Tía levantó la mesa. Miró lavar los platos a Peter.

Peter se fue a su cama en el establo. Acostado en la paja con las piernas envueltas en la gastada cobija de algodón, pensaba en su madre y en su padre. Pensaba en su aldea y en sus amigos.

El sol salió temprano a la mañana friolenta. Peter ya estaba llevando el rebaño por la montaña. Buscaba el gato montés, pero no hubo rastros de él. Peter condujo, reunió y cuidó los borregos de su tía. Se le hizo tarde y emprendió la bajada. Al filo de un cañón estaba sentado Gato Montés. Sin prisa se le acercó a Peter.

—¿Ya se lo preguntaste a tu tía?

—Sí, ya.

—¿Cuál eligió? ¿Te comeré a ti o a los borregos?

Peter dijo quedito:— Mi tía dice que debes comerme a mí.

Gato Montés se lanzó más rápido que un relámpago. Se lo comió a Peter antes de que los borregos se dieran cuenta del tiempo pasado. Gato Montés tosió. Volvió a toser. Escupió un hueso de tobillo de la garganta. El hueso bajó cayendo, cayendo, cayendo hasta posarse en la rama de un árbol cerca del arroyo al fondo del cañón.

Los borregos caminaron sin rumbo por la montaña. Gato Montés comió varios corderos, luego se arrastró al bosque a dormir. Tía se

afternoon nap and fixed dinner. She waited until it was dark to call Peter. She walked out the front door and called his name. "Peter! Peter, dinner is ready."

There was no response. Aunt hurried to the sheep pen. There were no sheep! She cursed the boy under her breath as she returned to stir her beans on the stove.

The night wind blew through the trees in the canyon. The little ankle bone whistled in song as the wind danced around. The song floated on the wind to an old sheepherder, sitting at his campfire fixing coffee. He tilted his head as the song danced around the fire. The old sheepherder had heard many a night's song, but this one sounded human. He poked at the fire and spoke to his sheep dog.

"Hear that? That's a song of sadness coming down the canyon. In the morning we better find out who is singing."

The old sheepherder lit his pipe, staring at the flames as he listened to the song.

An owl blinked in the dark canyon's scrub oak tree. The sound in the wind was piercing to his ears. He flew along the high canyon walls, searching for the singer. He stopped at the cedar tree. There dangling in the wind was a human ankle bone. It was barely held by the soft twigs of the tree. Owl swooped down and gathered sweet grass. He bound the ankle bone to the branch, keeping it firmly in place. The tone of the whistling changed to a deeper pitch. Owl flew away to find some field mice.

The sheepherder kicked sand in the morning light. He tilted his head to hear the whistling song. It was quiet. The wind was at rest. He herded his sheep down the canyon, telling everyone he met about the strange sound.

The next night, there was a gathering around his fire. The people listened as the wind blew. The whistling song came to them. They gathered their lanterns and bedrolls and wandered down the canyon in their search. They found Ankle-bone.

despertó de su siesta y preparó la cena. Esperó hasta el atardecer para llamar a Peter. Salió de la puerta y gritó su nombre:— ¡Peter! ¡Peter! Es hora de cenar.

No hubo respuesta. Tía se apresuró al corral. No había borregos. Maldijo al niño entre dientes mientras entró a mover los frijoles en la estufa.

El viento de noche sopló por lor árboles del cañón. El huesito de tobillo silbó una canción con el baile del viento. La canción llegó flotando en el viento a un pastor viejo, sentado junto a la fogata preparando el café. Inclinó la cabeza para captar la canción que bailaba alrededor de la fogata. El pastor viejo había oído muchas canciones de la noche, pero ésta le parecía humana. Atizó la fogata y habló a su perro pastor.

—¿Lo oyes? Es una canción de tristeza que baja por el cañón. En la mañana debemos averiguar quién la canta. —El pastor encendió su pipa, mirando las llamas mientras escuchaba la canción.

Una lechuza parpadeó en el chaparral del oscuro cañón. Aquel silbido en el viento le dolía los oidos. Voló por los altos riscos del cañón, buscando al cantor. Se detuvo en el cedro. Allí balanceando en el aire se encontraba un hueso de tobillo humano. Las ramitas del árbol lo sostenían apenas. Lechuza bajó volando y recogió hierba dulce. Ató el hueso de tobillo a la rama, manteniéndolo con firmeza en su lugar. El tono del silbido se volvió más profundo. Lechuza se fue volando en busca de ratones de campo.

El pastor pateó la arena en la luz de mañana. Inclinó la cabeza para oir el canto del silbido. Silencio. El viento descansaba. Bajó con su rebaño por el cañón, hablando con quien encontraba del sonido extraño.

La noche siguiente, la gente se reunió alrededor de su fogata. Escucharon soplar el viento. Les llegó el canto del silbido. Recogieron sus linternas y sus cobijas y se fueron a buscar por el cañón. Y hallaron a Hueso de Tobillo.

"Looks like a human ankle bone tied to the grandpa cedar tree. Wonder who would do a thing like that?" The old sheepherder studied the strange, glowing white bone in the lantern light. The people built a stone altar, placing special presents in honor of Ankle-bone. They lay down, letting the soft whistling sound lull them to sleep.

News travels fast when it is carried by word of mouth. Many people came to the altar. Many left fine gifts for Ankle-bone who continued to sing his sad, whistling song. Ankle-bone stories were made, shared, and questions left unanswered as Ankle-bone sang in the night.

On one occasion an old Indian healer came across the altar. He had heard the stories. There was the altar. He camped the night by the altar and heard the wonderful, whistling song.

While the moon rose high in the dark night sky, the Indian healer gathered herbs from the stream near Ankle-bone's tree. He pulled corn meal from his pouch and sprinkled it on the herbs which he had mixed in a muddy pit by the stream. The healer chanted. The smoke from his fire mingled with his song and the whistling song of Ankle-bone.

The Indian saw a boy left alone, a boy herding sheep, a boy eaten by a bobcat, an ankle bone flying down the canyon to land in the cedar tree. He felt the presence of Owl nearby.

"Owl, this one has died before his time. He is not ready to go to the place of those whose spirits are free. Owl, bring the ankle bone down to me."

Owl heard the chant and flew to the ankle bone. He pulled on the sweet grass which held the bone, and it fell. Ankle-bone landed in the Indian healer's hand. The healer scooped up the herb mixture and washed the ankle bone.

The sun rose on an old Indian and a young boy. The boy was white as bleached bone. His face was puckered from whistling and his body was as thin as sweet grass. The Indian healer fed the young boy and washed him in the river. It is said that he left Ankle-bone Boy there and to this night, you can hear him whistling his song down the canyon.

—Parece ser un hueso de tobillo humano atado al cedro abuelo. ¿Quien haría una cosa así? —El viejo pastor contempló el extraño hueso blanco que brillaba en la luz de la linterna. La gente construyó un altar de piedras, colocando allí regalos especiales en homenaje a Hueso de Tobillo. Se acostaron, dejando que el silbido suave les arrullara.

Las noticias corren rápido cuando se difunden de boca en boca. Mucha gente llegó al altar. Muchos dejaron regalos finos para Hueso de Tobillo, que continuaba a silbar su triste canción. Inventaron y contaron historias de Hueso de Tobillo, y ciertas preguntas quedaron sin respuestas mientras que cantaba Hueso de Tobillo en la noche.

En una ocasión un viejo curandero indio encontró el altar. Había oído las historias. Allí estaba el altar. Acampó por la noche cerca del altar y oyó el maravilloso canto silbado.

Mientras la luna subía en el oscuro cielo de la noche, el curandero indio recogió ciertas yerbas del arroyo que se encontraba cerca del árbol de Hueso de Tobillo.

Sacó harina de maíz de una bolsita y la espolvoreó en las yerbas, que ya había mezclado en un hoyo lodoso junto al arroyo. El curandero cantó. El humo que salió de su fogata se mezcló con su canto y la canción silbada de Hueso de Tobillo.

El indio vio a un niño abandonado, un niño que cuidaba borregos, un niño devorado por un gato montés, un hueso de tobillo que bajaba volando por el cañón para posarse en el cedro. Sintió cerca de él la presencia de Lechuza.

—Lechuza, éste ha muerto antes de su hora. No está listo aún para ir al lugar de los que tengan el espíritu libre. Lechuza, traeme el hueso de tobillo.

Lechuza oyó el canto y fue volando al hueso de tobillo. Tiró de la hierba dulce que ataba el hueso, y éste cayó. Hueso de Tobillo llegó a la mano del curandero. El indio recogió la mezcla de yerbas y lavó el hueso de tobillo.

Amaneció con un viejo curandero indio y un niño. El niño era pálido como hueso enblanquecido. Tenía la cara fruncida por tanto silbar, y el cuerpo tan flaco como la hierba dulce. El curandero dio de comer al niño y lo lavó en el río. Se dice que el indio dejó allí al Niño Hueso de Tobillo y que hasta esta noche puedes oirlo silbar su canción por todo el cañón.

Espuma y Encaje

Froth and Lace

Froth and Lace

This is a special story told to young women before they have a social life by widowed aunts, serious grandmothers, or otherwise important elderly women. It was told to me by Señora Cassias, the wife of my father's mayordomo. The events are harsh, the lesson powerful. The names of the sisters change from teller to teller; these are the names I first learned.

*O*nce there were two sisters who lived together. Froth was the elder. She was quarrelsome and disagreed with everyone. Lace, the younger sister, was kind and liked everyone she met.

One day Lace said to her sister Froth, "We should go and visit our widowed father. He must be bored now for harvest is over and he won't have anything to do. He is left alone in the old house. Let's go visit him and take him some of my fresh bread."

Froth stood without moving. "What? I don't care if he is alone or bored! I have things to do. I'm not going to walk all that way to please a disagreeable old man." Froth went back to work while she yelled at her sister. "Don't take him any bread! It's ours!"

Lace set off alone. On the way an apricot tree spoke to her. "Oh, Lace, stop a bit and tidy my branches. They were blown about in the wind last night and are tangled."

She studied the tree. "You are a mess! Here, let's fix these branches and those. Oh, dear, you are in knots!" Lace spent most of the morning straightening the apricot tree's branches.

She went on her way until she met a fire. The fire called out to her. "Lace, tidy up my hearth for I am choking on all of these dead ashes and am losing air!"

Lace took a long stick and poked the fire. She pushed aside the old ashes, letting the fire leap into healthy flames. Then she walked on

Espuma y Encaje

Éste es un cuento especial que se cuenta por las tías viudas, las abuelas serias y otras importantes mujeres mayores. Se les cuenta a las mujeres jóvenes antes de que tengan una vida social. Me lo contó la señora Cassias, la esposa del mayordomo de mi padre. Lo ocurrido es duro; escarmienta con fuerza. Los nombres de las hermanas cambian según el narrador; estos son los primeros nombres que aprendí.

*U*na vez había dos hermanas que vivían juntas. Espuma se llamaba la mayor. Era pendenciera y no estaba de acuerdo con nadie. Encaje, la menor, era bondadosa y se llevaba bien con todos.

Un día, Encaje le dijo a su hermana Espuma:— Debemos ir a visitar a nuestro padre viudo. Deberá sentirse aburrido ahora, ya que se ha terminado la cosecha y no tendrá nada que hacer. Se ha quedado solo en la vieja casa. Vamos a visitarlo y llevarle mi pan recien horneado.

Espuma se quedó sin mover:— ¿Qué dices? No me importa que se sienta solo o aburrido. Tengo mucho que hacer. No voy a caminar hasta allí para dar gusto a un viejo desagradable. —Espuma volvió a trabajar mientras le gritó a su hermana:— No le lleves el pan. ¡Es de nosotras!

Sola, Encaje se puso en camino. En el viaje un albaricoquero le habló:— Oh, Encaje, detente un poco para arreglarme las ramas. Anoche el viento las movió mucho y ahora están enredadas.

Miró el árbol —. Sí que estás hecho un desastre. Vaya, vamos a arreglar estas ramas y aquellas. Dios mío, ¡qué enredado estás! —Encaje pasó gran parte de la mañana arreglando las ramas del albaricoquero.

Siguió su camino hasta encontrarse con una lumbre. La lumbre le llamó:—Encaje, límpiame la chimenea que estoy ahogándome con todas estas cenizas apagadas.

Encaje tomó un palo largo y atizó el fuego. Echó al lado las cenizas apagadas, haciendo que el fuego se saltara en llamas altas. Luego siguió

towards her father's home. At the turn in the road, a cottonwood tree called out to her. "Lace, my branch has broken off and if you do not repair it I shall certainly die."

She pulled her long scarf from her hair and gently lifting the branch back to its rightful place, she tied it with the scarf. The branch stayed in place nicely.

Lace started across the small bridge over the stream. The stream called out to her. "Would you be so kind as to help me? There are many leaves and sticks in me and I cannot flow easily under this bridge. I fear I may flood." Lace carefully pulled out a long, wet stick, lifting the leaves out of the stream. The stream gurgled happily.

Lace arrived at her father's house just in time for dinner. Her father was delighted to see her. He loved her company and didn't want her to leave. She spent the night after a full evening of sharing stories. They awoke early. Her father had presents for her.

He gave her his fine donkey, her mother's spinning wheel, some of her grandmother's brass pots and pans, a polished pine bed that he had made, and other treasures he had made or collected. Lace loaded all of her new belongings on the donkey's back and started for her home.

As she passed the stream she heard a voice call to her. "Lace, look in my waters, I have something for you. I have carried it long and far, just for you." She saw a beautiful silk scarf floating toward her. She reached over the bridge siding, pulled it out, and wrapped it around her neck. It was cool and refreshing.

As Lace walked under the cottonwood tree she noticed the repaired tree limb. There, hanging from the branch, was a string of pearls. She lifted them off the tree limb with a curtsy, putting them in a bag on the donkey.

Soon she came to the fire. It was burning brightly. There on a hot, flat stone in the middle of the fire was a delicious tortilla. "Lace, this is for you. Thank you for keeping my flames alive." Lace lifted up and broke the tortilla in half, wrapping half for her sister. It was good—a mid-morning snack.

She reached the apricot tree. There on the lower branches were ripe apricots. "Lace, please take my apricots, they are for you!" She gathered up the fruit and wrapped it in her long skirt.

Soon she arrived home. Froth stared in hatred at her sister's gifts. She would not help her unload them or put them away, and she refused to eat or share any of the fine presents. Poor Lace had no idea her sister would

caminando rumbo a la casa de su padre. Al llegar a una curva en el camino, un álamo le llamó:— Encaje, se me ha roto una rama y de no arreglarla tú, seguramente me muero.

Encaje quitó la mascada larga de su pelo y levantando suavemente la rama a su lugar debido, la ató con la mascada. La rama se quedó bien.

Empezó a cruzar el pequeño puente sobre el arroyo. El arroyo le llamó:
—

¿Tendras la bondad de ayudarme? Estoy atascado de muchos palos y hojas y no puedo correr libre por abajo de este puente. Temo que vaya a desbordarme. —Encaje sacó cuidadosamente del arroyo un largo palo mojado y quitó las hojas del arroyo. El arroyo borboteó contento.

Encaje llegó a la casa de su padre justo a la hora de la cena. El padre se puso muy contento al verla. Le encantaba su compañía y no quería que se fuera. Ella pasó la noche allí después de una tarde entera de contar historias. Se despertaron temprano. Su padre tenía regalos para ella.

Le regaló su buen burro, la rueca de su madre, algunas ollas y sartenes de cobre de su abuela, una cama pulida de pino que él había hecho, y otros tesoros que había hecho o coleccionado. Encaje cargó todas sus nuevas cosas en el lomo del burro y salió para su casa.

Mientras pasaba el arroyo, oyó que una voz le llamaba: — Encaje, mira mis aguas, tengo algo para ti. Lo traje desde lejos, justo para ti. —Vio un bella mascada de seda que flotaba hacia ella. Alargó la mano por encima de la barandilla del puente y la sacó. La enredó al cuello. Era fresca y refrescante.

Cuando Encaje caminaba por abajo del álamo, se fijó en la rama arreglada. Allí, colgado de la rama, vio un collar de perlas. Lo quitó de la rama con una reverencia, metiéndolo en una bolsa sobre el burro.

En seguida llegó a la lumbre. Ardía fuerte. Allí en una caliente piedra lisa en el medio de la lumbre había una tortilla sabrosa. —Encaje, esto es para ti. Gracias por mantener vivas mis llamas. — Encaje tomó la tortilla y la partió en dos, envolviendo la mitad para su hermana. Estuvo buena — un bocadillo del mediodía.

Llegó al albaricoquero. Allí en las ramas más bajas había albaricoques maduros. —Encaje, por favor, toma mis albaricoques, ¡son para ti! — Encaje recogió la fruta, envolviéndola en su falda larga.

Muy pronto, llegó a casa. Espuma miró con odio los regalos de su hermana. No quiso ayudarle a bajarlos o guardarlos y se negó a comer o a compartir con Encaje ninguno de los regalos finos. La pobre de Encaje no

be so angry. She suggested to Froth that she might have as many gifts if she went to visit their father. Froth pouted, deciding to go and visit him the next day.

That morning, Froth set off with determination to see what she could get out of her father. She walked past the apricot tree. It called to her. "Froth, would you straighten my branches? They are knotted from the night wind."

"Why should I take my time to straighten your branches? I have miles to walk. Do it yourself!" Froth marched down the road.

She walked by the fire. It called to her. "Froth, would you poke my dead ash so my flames can get air?"

"No! I have miles to walk and no time for you or your flames!" She charged ahead.

The stream called to her. "Froth, would you please clear away the leaves and sticks that dam me up?"

"Absolutely not! I am in a hurry! Your leaves and sticks are your own problem!" She practically ran to her father's home.

Froth confronted her father. "What do you have for me? You gave presents to Lace. What have you for me? I have walked a long way and now I want my presents."

Froth's brother and his wife walked into the house from the field. They were shocked to hear Froth yelling at their father. They grabbed brooms from the kitchen closet and raced into the living room to beat her for her rudeness. "Froth, get out, you beggar, get out!"

Froth ran from the house with her clothes torn and her hair mussed. She ran to the stream and there she saw a fine scarf floating on the surface. She bent over to reach it and fell into the water. It was only a spider's web! Froth scrambled to the shore, covered with mud.

She ran on, cold and wet, tearing the web from her hair. She raced down the road to the fire. There on the hot flat stone in the center was a tortilla. Greedily, she grabbed for it. The flames shot up and burned her fingers, making her drop the tortilla into the dirt.

Froth remembered Lace telling her of the string of pearls on the cottonwood tree. She ran to the tree. Yes, there was something shiny on the branch. She jumped to get it and grabbed sticky ivy! It fell on her head, sticking to her face and neck. It stuck to her hands as she tried to tear it from her face. The prongs of the sticky ivy cut her face, fingers, and hands, causing them to bleed.

tenía idea de que su hermana se pondría tan enojada. Le sugerió a Espuma que podría tener tantos regalos si fuera ella a visitar a su padre. Espuma puso mala cara y decidió ir a visitarlo al día siguiente.

Esa mañana, Espuma se fue, determinada a ver lo que podría sacar de su padre. Pasó el albaricoquero. Le gritó: —Espuma, ¿quieres arreglar mis ramas? Están enredadas por el viento de anoche.

—¿Por qué querría dedicar mi tiempo a desenredar tus ramas? Tengo muchas millas que caminar. Hazlo tú mismo. —Espuma se marchó por el camino.

Pasó por la lumbre. Le llamó: —Espuma, ¿puedes atizar mis cenizas para que mis llamas tengan aire?

—¡No! Tengo muchas millas para caminar y no tengo tiempo ni para ti ni para tus llamas! — Se adelantó de prisa.

El arroyo le gritó:— Espuma, ¿puedes quitarme las hojas y los palos que me atascan?

—¡En absoluto! Tengo prisa. Tus hojas y tus palos son cuenta tuya.— Llegó casi corriendo a la casa de su padre.

Espuma enfrentó a su padre: —¿Qué tienes para mí? Regalaste muchas cosas a Encaje. ¿Qué tienes para mí? ¡Caminé gran distancia y ahora quiero mis regalos!

El hermano de Espuma y la cuñada regresaban del campo a la casa. Se quedaron asombrados al eschuchar gritar a Espuma a su padre. Agarraron escobas de la dispensa de la cocina y entraron de prisa en la sala para pegarle por grosera:— Espuma, ¡quítate, desgraciada, vete ya!

Espuma salió corriendo de la casa con la ropa rota y el pelo despeinado. Corrió al arroyo y allí vio una mascada fina que flotaba en la superficie. Se agachó para alcanzarla y se cayó al agua. ¡Fue una telaraña nomás! Espuma llegó con dificultad a la orilla, cubierta de lodo.

Sigiuió corriendo por el camino, fría y mojada, arrancando la telaraña de su pelo. Llegó corriendo a la lumbre. Allí en la caliente piedra lisa estaba una tortilla. Codiciosa, intentó agarrarla. Las llamas subieron de golpe y le quemaron los dedos, haciendo que dejara caer la tortilla en el suelo.

Espuma recordó que Encaje le había hablado del collar de perlas en el álamo. Corrió hasta el árbol. Sí, había algo que brillaba en la rama. Saltó para alcanzarlo y agarró hiedra pegajosa. Se le cayó en la cabeza, pegándose a su cara y cuello. Se les pegó a las manos cuando intentó quitarla de su cara. Las puntas de la hiedra le cortaron la cara, los dedos y las manos, sacándoles sangre.

Froth was angry and bleeding. She hurried to the apricot tree. It was bent with fruit. As she ran to the tree, she slid on moldy apricots which had fallen. She tried to stand, but her feet were slippery. She fell back down in the rotting apricots, smearing them on her legs and shoes. Froth crawled from the apricot tree and stumbled on.

Lace met her at the gate and helped her into the kitchen to give her a hot bath. She gave her hot soup and fresh bread for dinner and put her to bed with mustard plaster and bandages. Froth never did go to see her father again.

Espuma se quedó enojada y sangrienta. Corrió rápido al albaricoquero, que estaba doblado por el peso de la fruta. Mientras corría al árbol, se resbaló en los albaricoques pudridos que habían caído. Intentó ponerse en pie, pero tenía los pies resbalosos. Volvió a caer en los albaricoques pudridos, untándolos en las piernas y los zapatos. Espuma se arrastró del albaricoquero e iba tropezando hasta la casa.

Encaje la encontró en la puerta. Le ayudó a entrar en la cocina y la bañó en agua caliente. Le dio sopa caliente y pan fresco para cenar y la acostó con varias vendas y un empache. Espuma nunca volvió a visitar a su padre.

El potro mágico

Magic Colt

Magic Colt

This story was told to a group of young people who had come to visit the Randall Davey Foundation at the end of Canyon Road in Santa Fe, New Mexico. The teller was Octaviano Alarid, who kept the lawns, orchards, and gardens filled with life. He is a most admirable storyteller and lover of justice.

Among the rolling hills of Alcalde, there was said to be a wild, frisky colt. Young lovers told their parents that at night they heard the whinny of a colt but never saw one. No one actually admitted to seeing this colt and you will understand why once you read this story. The colt roamed one of Alcalde's finest apple orchards. He was not seen by anyone other than thieves, whom he could magically transform into stone with a glance from his green eyes.

The owner of the apple orchard depended on it for her living. Her name was Diosa and she always wore white. She prayed at her family chapel outside her house every morning and every night. She was good and kind. She lived well, for the apples brought a good price at the fruit market. Each and every year her trees were laden with apples. The school children would come and help her pick them, for she always had a gift ready for them, something they had always wanted.

Diosa was old, stiff with arthritis, and could no longer guard her orchard as in her youth. The only time she saw the orchard was on her way home from church on Sunday. Diosa's kind grey-blue eyes and soft voice would bless each tree.

Her neighbor Codicioso was known for his aversion to work. He complained constantly and begged others for his meals. No one would refuse him for he was considered evil. It was believed that he dealt with the devil magic of old Spain. One late October night, Codicioso decided to rob Diosa's orchard.

El potro mágico

Este cuento se les contó a un grupo de jóvenes que hacían un recorrido de la Randall Davey Foundation al final del Camino Cañón en Santa Fe, Nuevo México. Se lo contó Octaviano Alarid, que sembraba el césped, los huertos y los jardines con alegría. Es buen narrador y defensor de la justicia.

Entre los cerritos redondos de Alcalde, según se contaba, jugueteaba un potro salvaje. Los novios les contaban a sus padres que por la noche oían relinchar a un potro pero nunca lo habían visto. Nadie confesó que lo había visto, por razones que comprenderás después de leer este cuento. El potro andaba por uno de los mejores manzanares de Alcalde. Sólo lo veían los ladrones, a quienes el potro podía volver piedra con un vistazo de sus mágicos ojos verdes.

La dueña del manzanar se mantenía de este huerto. Se llamaba Diosa y siempre se vestía de blanco. Rezaba en la capilla familiar afuera de su casa cada mañana y cada noche. Era buena y bondadosa. Vivía bien, ya que las manzanas daban buen precio en el mercado de frutas. Todos los años sus árboles se llenaban de manzanas. Los niños venían y le ayudaban a recogerlas, porque ella les regalaba cositas que siempre habían deseado.

Diosa era vieja, aquejada de la artritis, y ya no podía vigilar su manzanar como antes. Sólo pasaba por el manzanar los domingos al regresar de la iglesia . Bendecía cada árbol con sus amables ojos azulados y su dulce voz.

Su vecino Codicioso se conocía por su aversión al trabajo. Se quejaba sin cesar y mendigaba la comida. Nadie se atrevía a negársela porque le tenían miedo. Creían que se metía con la brujería de la vieja España. A las altas horas de una noche de octubre, Codicioso decidió robar las manzanas de Diosa.

In his dark hut he took down his evil father's book. He turned each weathered, yellow page carefully as he sought to protect himself from a holy guardian.

"Aha! I have found the way." Chuckling to himself, he rubbed his greasy fingers on his long, gnarled black beard.

"Magic basket of my father and my father's father and my father's father's father, form for me!" His voice echoed out in the looming candlelight of his empty shack. A basket as dark as night formed before him. "Evil powers, enter into my father's father's father's basket." The basket floated above the ground. "Now, I shall have apples from the orchard of Diosa."

Codicioso folded his plump, filthy body into the basket. Then he called out to it, "Off we go to the orchard of Diosa!" It flew out of the dark, smelly shack and floated down the road to the widow's orchard.

The basket came to rest in the middle of the apple orchard. Codicioso stuck out his grimy head. He had brought with him apple pollen from the pouch of his dead father's remains, which he kept in the woodshed behind his shack. He sprinkled the pollen over himself.

"Apples fine and fat come to me!"

All at once the apples flew off the branches and struck the basket. They broke through it, hitting Codicioso hard, bruising and battering him without end.

One apple hit him in the eye, cutting him to the bone above his eyebrow. Blood fell into his eyes and down his cheek.

"Ow, ow, ow, stop, apples. Stop!" He was helpless for he could not move his hands away from his face.

His eyes were streaming with tears and blood as he staggered out of the floating basket. Trying to protect his body from the fast-flying apples, Codicioso bent over and in that instant, sharp teeth bit him on his buttocks. He leapt straight up in the air in pain. The apples stopped hitting him. Holding firmly to his buttocks was a small colt.

Twisting his body, Codicioso smacked the colt. The colt jumped and turned to face him. That was all it took. The colt's green eyes froze Codicioso into a stone statue.

The next morning, a Sunday, the widow Diosa was walking down the road from the church. Suddenly she stopped. There in the center of her orchard was the statue of Codicioso. His face was riddled with pain and anger. His stone clothes were strewn with pieces of apple.

En su casucha oscura bajó el viejo tomo de su padre malvado. Hojeó con cuidado las páginas amarilladas buscando la manera de protegerse de un guardián divino.

—¡Aja! Ya encontré la manera. —Riéndose entre dientes, acarició la maraña de su larga barba negra con los dedos grasosos.

— Cesto mágico de mi padre y del padre de mi padre y del padre del padre de mi padre, ¡fórmate para mí! —Su voz hacía eco entre las sombras siniestras que echaba la vela en su casucha vacía.

Un cesto negro como la noche se formó delante de él—. Poderes malos, ¡entren en el cesto del padre del padre de mi padre! —El cesto flotaba arriba del piso—. Ahora tendré manzanas del huerto de Diosa.

Encogiéndose, Codicioso metió su sucio cuerpo rechoncho en el cesto. Gritó: —¡Al manzanar de Diosa! —El cesto salió volando de la choza apestosa e iba flotando por el camino rumbo al manzanar de la viuda.

El cesto aterrizó en medio del manzanar. Codicioso asomó la cabeza mugrienta. Traía polen de manzana que había sacado de la bolsa que contenía los restos de su difunto padre y que él guardaba en la leñera detrás de su casucha. Con este polen se empolvó.

—Manzanas grandes y buenas, ¡vengan a mí! —De repente las manzanas se desprendieron volando de las ramas y chocaron contra el cesto. Rompieron el cesto y le pegaron fuerte a Codicioso, golpeándolo sin cesar y dejándole bien magullado.

Una manzana le dio en el ojo, cortándole hasta el hueso arriba de la ceja. La sangre se le metió en los ojos y corría por la mejilla—. ¡Ay, ay, párense, manzanas! ¡Párense! —Se quedaba indefenso porque no pudo quitarse las manos de la cara.

Con los ojos llenos de sangre y lágrimas, salió tambaleándose del cesto flotante. Se encorvó, tratando de protegerse de los manzanazos. En ese instante, unos dientes afilados le mordieron las nalgas. El dolor lo lanzó al aire. Las manzanas dejaron de pegarle. Bien agarrado a las nalgas de Codicioso había un potro pequeño.

Torciéndose, Codicioso le pegó al potro. Este brincó y le volvió la cara. Fue suficiente. Los ojos verdes del potro convirtieron a Codicioso en estatua de piedra.

El próximo día era domingo, así que la viuda Diosa regresaba de la iglesia por el camino. De pronto se paró. Ahí en medio de su manzanar se encontraba la estatua de Codicioso. Tenía la cara desfigurada por dolor y rabia. Su ropa de piedra estaba salpicada de pedacitos de manzana.

Diosa stopped some children on the road and asked them to go to this statue. The children shook their heads. They knew of this man and would have nothing to do with him. Diosa in her goodly humor blessed the statue and continued on her way home.

As Diosa turned to go into her clean, small house, she heard a young colt whinny from the orchard. She smiled. "Old age is getting to me. But just in case you are really there, God bless you."

Diosa detuvo a unos niños en el camino y les pidió que se acercaran a esta estatua. Los niños se negaron con la cabeza. Conocían a este hombre y no querían nada que ver con él. Con su buen humor de siempre, Diosa bendició la estatua y siguió su camino a casa.

A punto de entrar en su limpia casita, oyó relinchar a un potro desde el manzanar. Se sonrió:—Será una tontería de vieja. Pero si por acaso estás allí de veras, ¡que Dios te bendiga!

La vieja de la ciénega

Old Woman of the Swamp

Old Woman of the Swamp

Abiquiú, New Mexico, is filled with witches, demons, magical snakes, and night shadows who can steal your soul. María García once herded sheep through Abiquiú across to Tres Piedras, New Mexico. She advertised by word of mouth that she needed help for two weeks. I accepted the job for two days and one night. The fire on the mountain burned low as María shared this story with the four sheepherders who helped.

A young man named Mateo worked on the side of a mountain near Tres Piedras, which is located in the cold old mountains of New Mexico. Mateo was known for his great energy. He was six feet tall, weighed about one hundred and sixty pounds and could easily lift something twice his weight.

Mateo's sparkling golden-brown eyes won the hearts of the people. He would work all day at the sawmill, come home and take care of the animals, then eat dinner with his wife. After an early dinner he would walk five miles to the mountain. There he would work well into the night building a cabin for himself and his family.

Mateo's wife Alma was a fine woman from an old family of Tres Piedras. She was short, built solid for the bearing of children, and wise in many ways. Her violet-black hair was always worn in a bun and her deep blue eyes won the trust of many. She asked for little from Mateo and gave him great love, seven children, and patience while they lived with her parents.

She asked him to build them this cabin in the mountains to have a life of their own. The two of them worked hard for years to earn enough money to buy the land. Alma not only raised the children but also took in laundry and baked goods for the small store. Mateo worked at the sawmill, did carpentry during the weekends, and helped Alma with the raising of the children. This cabin on the side of the mountain became their dream.

La vieja de la ciénega

Abiquiú, Nuevo México, está lleno de brujos, demonios, culebras mágicas y sombras nocturnas que pueden robarte el alma. En una ocasión, María García conducía borregos por Abiquiú hasta Tres Piedras, Nuevo México. Buscó una persona para ayudarle por dos semanas. Acepté el trabajo por dos días y una noche. La fogata en la montaña se consumía lentamente mientras María contó este cuento a los cuatro pastores que le ayudaban.

Un joven que se llamaba Mateo trabajaba en la falda de una montaña cerca de Tres Piedras, que se encuentra en las viejas montañas frías de Nuevo México. Mateo tenía fama por su gran energía. Medía seis pies de alto, pesaba unas ciento sesenta libras y podía levantar con facilidad el doble de su peso.

Los chispeantes ojos castaños de Mateo conquistaban el corazón de la gente. Trabajaba todo el día en el aserradero, volvía a casa para cuidar los animales, y luego cenaba temprano con su mujer. Después de la cena, caminaba cinco millas para llegar a la montaña. Allí, trabajaba hasta muy noche construyendo una cabaña para él y su familia.

Alma, la esposa de Mateo, era buena mujer de una vieja familia de Tres Piedras. Era baja, de cuerpo fuerte para tener niños, y llena de sabiduría. Siempre se peinaba su pelo negro en un moño, y sus profundos ojos azules ganaban la confianza de muchos. Le pedía poco a Mateo y le daba gran amor, siete hijos y mucha paciencia mientras vivían con los padres de ella.

Le pidió que les construyera esta cabaña en las montañas para tener su propia vida. Los dos trabajaron duro por años para ganar suficiente dinero para comprar el terreno. Alma no sólo criaba a sus niños, sino que también lavaba ropa para otros y preparaba pan y pasteles para la tiendita. Mateo trabajaba en el aserradero, hacía carpintería en los fines de semana, y ayudaba a Alma con los niños. La cabaña en la falda de la montaña llegó a ser el sueño de los dos.

The mountain land which they bought was rich with trees. Mateo cleared the land where the cabin was to stand and used the chopped trees for lumber. At first Alma's brothers helped him, but the process became long and tedious, and the brothers had their own dreams to follow. Mateo worked alone.

Both Alma and Mateo had been told the stories of the spirits who lived in the mountains. Both of them knew the ways of the land. With this knowledge, Alma prayed every day at the church. One day when Mateo came home from work she asked a special favor of him.

"Mateo, while I was praying in church a voice came into my head." She said this softly for she did not want to worry him. "We need to have the cabin built before the next full moon."

Mateo was a good fellow. "Certainly, Alma, the cabin will be done before the next full moon." He kissed her soft cheek and reassured her, although he had no idea how he could possibly get the cabin built that fast by himself. His dinners with the family became shorter. He spent more and more time on the side of the mountain and came home later every night. Mateo loved his Alma and all their fine children. He could not disappoint her.

Alma was a woman of great faith, and each afternoon she would place his hunting knife in his belt case with a prayer. Mateo would smile. How could Alma believe those old folktales? Mateo gathered his tools and kissed each of his seven children. Calling his dog, he would set off to work on the cabin.

One night Mateo worked later than usual. In his mind he counted the days until the next full moon. It would be two weeks. The lumber on the ground was hard to find in the dark. Mateo hit his thumb many times. His muscles hurt and his eyes were bleary from trying to see. He shook his head. There was no way he could build this cabin in the late night by lantern light.

His heart became heavy. He could not disappoint Alma. His dog ran around him whining, trying to get him to go home. Finally, he put down his hammer, put away his tools, and started for the village.

As he walked he whistled to himself, remembering the tales of the evil spirits who would walk down this road when the night had no moon. He laughed. Those were stories the old ones told the children to keep them home at night. Certainly those old stories could not possibly be true. Mateo pulled some dried meat from his coat pocket. He broke it in half.

El terreno de montaña que compraron tenía una abundancia de árboles. Mateo demontó la tierra donde se quedaría la cabaña y usó los troncos para la construcción. Al principio, los hermanos de Alma le ayudaron, pero el proyecto se volvió largo y tedioso, y los hermanos tenían sus propios sueños que realizar. Mateo trabajaba solo.

Tanto Alma como Mateo habían oído las historias de los espíritus que vivían en las montañas. Los dos conocían las costumbres de la tierra. Con estos conocimientos, Alma rezaba todos los días en la iglesia. Un día, al volver Mateo de su trabajo, le pidió un favor especial.

—Mateo, cuando rezaba en la iglesia me entró una voz en la cabeza. —Le dijo esto en voz queda porque no quería que se preocupara —. Es necesario que la cabaña esté lista antes de la próxima luna llena.

Mateo era buen tipo —. De acuerdo, Alma. La cabaña estará lista antes de la próxima luna llena. —Le besó la mejilla suave de su mujer y le tranquilizó, aunque no tenía idea de cómo él solo podría terminar la cabaña tan pronto. Sus cenas con la familia se acortaron. Pasaba cada vez más tiempo en la falda de la montaña y regresaba cada vez más entrada la noche. Mateo quería a Alma y a todos sus buenos niños. No quería decepcionarla.

Alma era una mujer de mucha fe y cada tarde hacía una oración al poner el cuchillo de caza de Mateo en su funda de cinturón. Mateo se sonreía. ¿Cómo podría creer Alma estos viejos cuentos? Mateo recogía sus herramientas y besaba cada uno de sus siete hijos. Llamando su perro, salía a trabajar en la cabaña.

Una noche Mateo trabajó más tarde que de costumbre. Mentalmente contó los días que quedaban hasta la próxima luna llena. Serían dos semanas. En la oscuridad era difícil hallar los troncos en el suelo. Se pegó el dedo gordo muchas veces. Le dolían los músculos y tenía los ojos nublados del esfuerzo que hacía para ver. Mateo movió la cabeza. No había manera de construir esta cabaña en las altas horas de la noche a la luz de linterna.

Se puso desconsolado. No quería decepcionar a Alma. Su perro corría chillando a su alrededor, tratando de hacerle volver a casa. Por fin dejó su martillo, guardó sus herramientas y se encaminó a la aldea.

Silbaba al caminar, recordando los cuentos de espíritus malos que solían vagar por este camino en las noches sin luna. Se rio. Eran cuentos que los viejos les contaban a los niños para que no salieran de noche. Aquellos cuentos no podrían ser verdaderos, seguro. Mateo sacó carne

One half he gave to the dog, the other half he put in his mouth. He chewed, listening to the silence. "My friend, listen—not even the night birds are singing tonight. They must be as tired as we are."

As Mateo turned, following the road, he felt a chill come over him. He slowed his pace and stopped his chewing. He heard someone humming. A person was walking behind him. Stopping by the side of the road, Mateo whispered to the dog. "Come!" He hid under a bush and pulled the dog to his lap. As the humming neared them, Mateo's eyes got very large.

The footsteps were awkward. One foot hit the ground hard while the other foot slid along behind. The dog began to whine. Mateo quickly put his hand over the dog's nose. The dog snorted for air. Mateo hushed the dog as the footsteps came closer. In the darkness of the moonless night came the bent-over figure of an old woman, walking with a slight limp. Her clothes were as dark as the trees, barely visible to Mateo.

The dog whimpered and, ignoring Mateo, ran off through the thick forest. Mateo cautiously followed the old woman. She walked slowly along the dirt path. It would be easy for him to catch up with her. An enticing odor wafted up from the road as he followed her. Something filled him with eagerness to get closer to the old woman. Though he hurried, he could not gain on her.

The old woman stumbled on a stone in the road. She lurched forward. This was when he saw she was carrying a heavy bundle on her back. Without thinking, he called to her, "Grandmother, wait! I will walk with you, for we are both going to the village." She did not turn.

Mateo grinned. The old woman was probably deaf as well as lame. He shook his head. This woman could not be evil. She was scared in the dark night and probably needed help. Mateo became frustrated in his attempt to help her. The old woman neither slowed nor turned at the sound of his voice.

"Old woman, stop! You will hurt yourself in your hurry. I will not harm you. Wait and I can carry your bundle for you!" He ran to the limping figure.

Mateo's concern became focused on the old woman. The road dipped and turned, but he forgot about the turns and the dips as he struggled to catch up with her. She limped on ahead of him. Her limp became more noticeable. She stooped over with her heavy bundle. Mateo squinted in the darkness. "Old woman, wait! We are both going to the village."

seca del bolsillo de su abrigo. La partió en dos. Una mitad se la dio al perro, y la otra se metió en la boca. Masticó escuchando el silencio —. Escucha, amigo, ni siquiera los pájaros de noche cantan esta noche. Deben estar tan cansados como nosotros.

Al doblarse, siguiendo el camino, Mateo sintió un escalofrío. Aminoró el paso y dejó de masticar. Oyó tararear. Una person caminaba detrás de él. Deteniéndose al lado del camino, Mateo susurró al perro: — ¡Ven! —Se escondió bajo un arbusto y metió al perro en su regazo. Conforme se les acercaba el tararareo, los ojos de Mateo se pusieron enormes.

Los pasos eran torpes. Un pie golpeaba fuerte al suelo mientras el otro venía arrastrado. El perro empezó a chillar. Mateo cubrió con la mano el hocico del perro. El perro resopló, intentando respirar. Mateo calló al perro mientras los pasos se les acercaron. En la oscuridad de la noche sin luna venía cojeando la figura doblada de una vieja. Su ropa era oscura como los árboles, apenas visible a Mateo.

El perro gimoteó y no haciendo caso a Mateo, se fue corriendo por el bosque espeso. Mateo siguió cauteloso a la vieja. Ella caminaba despacio por el sendero. Le sería fácil alcanzarla. Un olor seductor le llegaba mientras la iba siguiendo. Algo le dio ganas de acercarse más a la vieja. Aunque se apresuró, no podía alcanzarla.

La vieja tropezó con una piedra en el camino. Se tambaleó. Entonces vio que llevaba a cuestas un bulto pesado. Sin pensar, le llamó:— Abuela, espérese. Caminaré con usted ya que los dos vamos a la aldea. — Ella no se volvió.

Mateo sonrió. Probablemente la vieja era no solamente coja sino sorda también. Movió la cabeza. Esta mujer no podría ser peligrosa. Seguramente tenía miedo en la noche oscura y probablemente necesitaba ayuda. Intentando ayudarle, Mateo se sentía frustrado. La vieja ni aminoró el paso ni volvió al oir su voz.

—Abuelita, párese! Se va a lastimar con tanta prisa. No quiero hacerle daño. Espere, puedo ayudarle a llevar su bulto. —Corrió hacia la figura que cojeaba por el camino.

Se enfocó preocupado en la vieja. El camino bajaba y daba vuelta pero Mateo no hacía caso a las bajadas y las vueltas mientras se esforzaba por alcanzarla. Ella siguió cojeando delante de él. Se le notaba más la cojeada. Se agachaba con el bulto pesado. Mateo entrecerró los ojos en la oscuridad —. Abuelita, espere. Los dos vamos a la aldea.

Even with Mateo yelling she did not appear to notice him. Mateo hurried on. He knew the road well, he knew every rock in the road. Soon he became winded from running. The distance between them did not appear to be any less. Yet the old woman did not appear to move any faster. One foot went down on the ground slowly and the other slid behind. Her back was bent from the heavy weight of the bundle and her breathing did not increase.

Mateo called out again, "Old woman, do not burden yourself, I will help you to the village!" He lurched forward, almost falling. His hands found a tree branch and he quickly righted himself, but his feet were stuck in the mud. He was sucked into it as it rose up over the tops of his boots. His knees disappeared.

Mateo saw the old woman float over the muddy swamp and disappear into the trees. He took a deep breath. Nothing around him was recognizable. There were no lights from the village. He didn't know where he was. He pulled with all of his might. His boots would not move. He was firmly stuck in the thick, gummy mud of the swamp.

Mateo called out, "Old woman, help me! I am stuck in the mud and my feet are sinking!" The only reply was the silence of the night. No bird answered. No cricket chirped. There was no reply, not even the soft whisper of the night wind. Mateo felt the cold enter his body. The smell of the old woman filled his nostrils. He lifted his head as he slowly sank deeper in the swamp. "Help, help me!"

An answer came this time. He heard ancient laughter echo through the forest. His eyes filled with tears. His muscles weakened. Then he shook his head. He was strong, he would not die in this swamp. Mateo reached down through the thick mud and touched his knife in the case strapped to his belt. He thought of his beautiful Alma and his seven fine children. Holding the knife firmly, he stared up at the dark night sky. He would not die here!

He was alone now, hopelessly lost in the dark. There was nothing for him to do but be still and wait out the night in this miserable swamp.

In the first light of dawn, Mateo shook the cold from his bones. The magpies were singing and flying around his head. His chest was buried in the deep mud. He slowly lifted his right hand up through the mud. He tried not to sink further as he grasped the tree branch which had steadied

Aunque Mateo estaba gritando, no parecía que la vieja se diera cuenta de él. Mateo se apresuró. Conocía bien el camino, conocía cada piedra. Pronto se quedó sin aliento por tanto correr. La distancia entre ellos no parecía haberse disminuido. Sin embargo, la vieja no parecía moverse más rápido. Un pie pisaba lentamente el suelo y el otro venía arrastrado. Tenía la espalda encorvada por el bulto pesado y respiraba sin dificultad.

Mateo le llamó de nuevo:—Abuela, no se moleste, yo le ayudaré hasta la aldea. — Se tambaleó y por poco se cae. Sus manos encontraron una rama y pronto logró enderezarse, pero tenía los pies atascados en lodo. Se hundió en el lodo que le llegó por encima de las botas. Desaparecieron sus rodillas.

Mateo vio flotar a la vieja por encima de la ciénaga y la vio desaparecer entre los árboles. Respiró profundo. No reconocía nada alrededor de él. No se veían las luces de la aldea. No sabía dónde estaba. Tiró con todas sus fuerzas. Sus botas no se movieron. Estaba bien atascado en el espeso lodo pegajoso de la ciénaga.

Mateo gritó: —¡Abuelita, ayúdeme! ¡Estoy atascado en el lodo y se me hunden los pies! —La única respuesta era el silencio de la noche. Ningún pájaro le contestó. Ningún grillo chirrió. No hubo ninguna respuesta, ni siquiera el murmullo del viento de la noche. Mateo sintió que el frío le entraba en el cuerpo. El olor de la vieja le llenaba las narices. Levantó la cabeza a medida que poco a poco se hundió más en la ciénaga —. ¡Socorro! ¡Auxilio!

Esta vez hubo respuesta. Oyó resonar por el bosque una risa antigua. Los ojos le llenaron de lágrimas. Se le aflojaron los músculos. Entonces negó con la cabeza. Era fuerte, no moriría en esta ciénaga. Mateo metió la mano en el lodo espeso y tocó el cuchillo en la funda de cinturón. Pensó en su bella Alma y sus siete buenos hijos. Aferrado bien al cuchillo, miró al oscuro cielo de la noche. ¡No moriría aquí!

Estaba solo ahora, sin esperanzas, perdido en la oscuridad. No había nada que hacer más que quedarse tranquilo y esperar hasta que acabara la noche en esta maldita ciénaga.

Al rayar la luz del día, Mateo sacudió el frío de los huesos. Las urracas estaban cantando y volando alrededor de su cabeza. Tenía el pecho hundido en el lodo profundo. Lentamente levantó la mano derecha por el lodo. Intentó no hundirse más mientras agarraba la rama que lo había

him in the night. He pulled. The tree branch held firm. Mateo took a deep breath and slowly, slowly, he waded out of the swamp. Upon the dry land, he stamped the mud from his boots.

Mateo walked in his stocking feet to the drier ground away from the swamp. He sat down and rested against a tall pine tree. Closing his eyes, he let sleep overtake him. When the sun was high in the sky, he awoke. As he pulled his boots on, he shook the dried mud from his pants. The mud fell, leaving not a trace of ever having been there. Mateo took hold of his shirt sleeve to polish his boots, but they shone in the sun.

He stood up, cautiously turning to confront the swamp. He froze. All that he could see was the flat, dry, hard earth of the forest floor. He took a deep breath. He would not walk where once he stood in deep mud. Reaching into his pocket, he pulled out the last piece of dried meat. It was clean, dry, and undamaged. "Fine," said Mateo and he ate it.

Mateo found his way back to the road and hurried home. Alma was sitting on the porch waiting for him. Her face was tired, her hair was down, but her eyes filled with joy at the sight of him.

"Mateo, where have you been? We have been so worried! The dog came home without you to hide under the bed. He has not come out all night and would not come out even for food this morning!" Her voice quivered as he hugged her.

Mateo was silent, then spoke. "I was busy working. I was detained." He felt no need to tell her more. She would only worry.

He never told Alma of what happened that night, but he did tell his foreman at the sawmill. He took two weeks off from work and finished the cabin in the daylight. Mateo grew old telling the stories of the old ones but his best story was the one about the old woman of the swamp. The dog, however, always hid under the bed when the woman of the swamp was mentioned.

sostenido en la noche. Tiró. La rama quedó firme. Mateo respiró hondo, y despacio, muy despacio, salió de la ciénaga. Una vez en tierra firme, pataleó para quitar el lodo de las botas.

Mateo caminó descalzo a la tierra seca que se hallaba más lejos de la ciénaga. Se sentó, recostándose en un pino alto. Cerrando los ojos, dejó que el sueño se apoderara de él. Cuando el sol estaba alto en el cielo se despertó. Poniéndose las botas, sacudió el lodo de los pantalones. El lodo cayó, sin dejar indicio de haber existido. Mateo cogió la manga de su camisa para pulir sus botas, pero ya brillaban en el sol.

Se puso en pie, volteando cautelosamente para enfrentar la ciénaga. Se quedó atónito. Sólo vio la tierra plana, seca y dura del suelo del bosque. Respiró hondo. Se negó a caminar donde hacía poco estuvo de pie en lodo profundo. Metiendo la mano en el bolsillo, sacó el último trozo de carne seca. Estaba limpia, seca y en buen estado —. Bueno— dijo Mateo y se lo comió.

Mateo logró hallar el camino y se apresuró a llegar a la casa. Alma estaba sentada en el portal esperándolo. Tenía la cara cansada, el pelo suelto, pero sus ojos se llenaron de alegría al verlo.

—Mateo, ¿dónde has estado? Nos hemos preocupado muchísimo. El perro regresó sin ti para esconderse debajo de la cama. No salió en toda la noche y no quiso salir esta mañana ni siquiera para comer. —Le tembló la voz mientras Mateo la abrazó.

Mateo se quedó callado, luego habló: —Estuve trabajando. Se me hizo tarde. — No veía la necesidad de decirle más. No quería que se preocupara.

Nunca le dijo a Alma lo que pasó esa noche, pero sí se lo dijo a su supervisor en el aserradero. Tomó dos semanas de vacaciones del trabajo para terminar la cabaña con la luz del día. Mateo envejeció contando historias antiguas pero su mejor cuento era el de la vieja de la ciénaga. Mas el perro siempre se escondía debajo de la cama cada vez que se mencionaba esta vieja.

El señor Juan y el diablo

Señor Juan and the Devil

Señor Juan and the Devil

My brother Olivario Pijoan is a great healer and teller of tales. He told me his version of this story when I was twelve years old. It has always been a favorite of mine. He told it to me early in the morning as we were irrigating the lower pasture. Olivario's large brown eyes would roll when he spoke of Señor Juan glancing into the back seat. I only wish this story had my brother's wonderfully scary expression written into it. Then you would truly feel fear!

The young boy raced around the barn, running right into Señor Juan's knees.

"Hey, wait a minute, young fellow! Where are you going in such a hurry?" Señor Juan put his hand on the young boy's shoulder to steady him, then knelt to see the boy's face.

Gasping for air, the boy held up a rolled piece of paper tied with a ribbon. "Sir, this note is for you. My uncle gave it to me. It was given to him by Tiófilo and Tiófilo received it from the priest. I was told to bring it right away."

"Well, then you had better give it to me, yes?" Señor Juan took the rolled piece of paper. "Come, let us see what my neighbor Mrs. Velarde brought for us in the kitchen." The little boy followed Señor Juan through the heavy back door into the kitchen. The boy stood leaning on a wooden kitchen chair.

Señor Juan opened a drawer. He removed an ironed white cloth, unfolded it, and reached for the metal tongs which hung over the wrought-iron woodstove. Lifting the lid off a steaming pot, he pulled out a tamale. The little boy's eyes grew wide. Señor Juan placed six tamales on the clean cloth. He rolled it shut.

The little boy hurried to his side.

"Here's for your trouble, my fine messenger!" Señor Juan laughed as the young boy raced out of the kitchen, through the heavy wooden door, and down the dirt path, holding firmly to his warm tamales.

El señor Juan y el diablo

Mi hermano Olivario Pijoán es un gran curandero y narrador. Me contó su versión de este cuento cuando yo tenía doce años. Siempre ha sido uno de mis preferidos. Me lo contó muy temprano por la mañana mientras regábamos el potrero de abajo. Los grandes ojos castaños de Olivario se ponían en blanco cuando contaba cómo el señor Juan echó un vistazo al asiento trasero. Ojalá que este cuento pudiera leerse con el maravilloso gesto espantoso de mi hermano. ¡Entonces sí tendrías miedo de verdad!

El muchacho corrió por el establo hasta tropezar con las rodillas del señor Juan.

—Oye, ¡espera, muchacho! ¿adónde vas con tanta prisa? —El señor Juan puso la mano en el hombro del niño para tranquilizarlo, luego se arrodilló para mirarle la cara.

Jadeando, el muchacho le mostró una hoja de papel enrollado, atado con una cinta —. Señor, esta carta es para usted. Mi tío me la dio. Se la dio Tiófilo y Tiófilo la recibió del cura. Me dijeron que se la trajera inmediatamente.

—Pues mejor que me la des, ¿sí? —El señor Juan tomó el papel enrollado —. Ven, vamos a la cocina para ver lo que nos trajo mi vecina, la señora Velarde. —El niño siguió al señor Juan por la puerta trasera a la cocina y se apoyó en una silla de madera.

El señor Juan abrió un cajón. Sacó un blanco paño planchado, lo desdobló, y alargó la mano para alcanzar unas pinzas que colgaban encima de la estufa de hierro forjado. Levantando la tapa de una olla humeante, sacó un tamal. Los ojos del niño se pusieron grandes. El señor Juan puso seis tamales en el paño limpio. Lo enrolló.

El niño corrió a su lado —. Toma, mi buen mensajero, ¡por la molestia que te diste! —El señor Juan se rio al ver cómo el niño salió corriendo de la cocina y se fue sendero abajo, agarrando bien a los tamales calientes.

Señor Juan put the lid back on the steaming tamales. He sat down on a kitchen chair, grabbed the letter, and opened it carefully. He studied the signature at the bottom of the page. The note was from his brother Jaime.

"His wife is sick again?" He spoke softly to himself as he read:

My brother Juan:

My loving wife Cora is sick again this month. She is very ill and I fear for her life. Could you come in your carriage and bring mother's herbs? If you could come tonight I would appreciate your visit.

Most sincerely and with great affection,

Jaime

Juan put the note down and rubbed his hands together. "What my brother needs is some fun. He is always worried about that wife of his! Tonight we shall have a party!"

Señor Juan got up, pushed in the chair, and hurried to the pantry. He pulled out an empty wooden box and two tall bottles of red wine. He placed these on the counter near the stove. He took two clean cloths from the drawer and lifted the steaming pot off the stove, placing it in the box. Then he rolled the wine bottles up in the cloths and laid them down next to the pot.

Walking to the back door, he put on his expensive beaver-skin hat. In ten strides he was at the barn, placing the box in the back of the carriage. A whistle and a call brought his mare into her stall. He brushed her down, harnessed her up, and put the feed bag in place. He stroked her neck, telling her of his plan.

"It is two hours until dark and my brother needs our help. If you can trot all the way, we should get there just as the sun is going down. Can you do this for me, girl?"

The mare ignored him, munching out of her feed bag. Señor Juan climbed into the carriage, clicked his tongue, and they were off down the road. The sun fell softly on the horizon and began to drop over the edge as they came to Jaime's house. Señor Juan hitched the mare to the hitching post. He carried the box to the house.

Jaime met him at the door. "My brother, how nice of you to come so quickly! Please come in. Cora is not well, she is very white, and I fear she will faint if she keeps getting up to fix me dinner." Jaime held the heavy door open for his brother.

Señor Juan walked through the front hall into the kitchen. "I have brought you both dinner and a little something to celebrate the beauty of life and good health!"

El señor Juan volvió a poner la tapa en la olla de tamales humeantes. Se sentó en una silla de cocina, cogió la carta, y la abrió con cuidado. Miró la firma al pie de la hoja. Era de su hermano Jaime.

—¿Que su esposa está enferma otra vez? — Hizo comentarios en voz baja conforme leía:

Mi hermano Juan:

Mi querida esposa Cora está enferma otra vez este mes. Está muy mal y temo que se muera. ¿Puedes venir en tu coche para traer las yerbas de mamá? Si vienes esta noche te lo agradecería mucho.

Muy atentamente y con mucho cariño,

Jaime

Juan dejó la carta y frotó las manos —. Lo que necesita mi hermano es divertirse. Siempre se preocupa por su mujer. ¡Esta noche vamos a tener una fiesta!

El señor Juan se levantó, metió la silla a la mesa, y fue con prisa a la dispensa. Sacó una caja vacía de madera y dos grandes botellas de vino tinto. Todo esto lo colocó en el tablero cerca de la estufa. Sacó dos paños limpios del cajón y levantó la olla humeante de la estufa, poniéndola en la caja. Luego enrolló las botellas de vino en los paños y las acostó junto a la olla.

Yendo a la puerta trasera, se puso su costoso sombrero de castor. Con diez zancadas estaba en el establo, poniendo la caja en la parte trasera del coche. Con un silbido y una llamada hizo que su yegua entrara en su casilla. La cepilló y le puso las guarniciones y el morral. Acariciándole, le explicó su plan.

—Faltan dos horas para el atardecer, y mi hermano necesita nuestra ayuda. Si puedes trotar hasta allí, llegaremos justo al ponerse el sol. ¿Puedes hacerme esto, chica?

La yegua no le hizo caso, mascando la avena del morral. El señor Juan subió al carro, chasqueó la lengua, y se fueron por el camino. El sol se ponía lentamente en el horizonte y empezaba a desaparecer cuando llegaron a la casa de Jaime. El señor Juan amarró la yegua al poste. Llevó la caja a la casa.

Jaime lo encontró en la puerta:— Mi hermano, ¡que amable de tu parte venir tan pronto! Pasa, por favor. Cora no está bien, está muy pálida y temo que se desmaye si insiste en levantarse para prepararme la cena. —Jaime abrió el portón para su hermano.

El señor Juan entró por el corredor y pasó a la cocina—. Les traje para cenar y algo más para festejar lo bello que es tener vida y buena salud.

Jaime followed his brother. "Life and good health? We are all alive, praise be, but good health is hard to find these days." Jaime watched as his brother lit the wood stove and placed the pot of tamales on it. His eyes even got larger as he saw his brother unwrap the two bottles of red wine.

"We cannot drink in this house, Juan. You know how bad it is for Cora."

Señor Juan opened a cupboard and took out three deep glasses. "Cora needs to have some fun. She is always sulking and sick. This will cheer her up. Come, my brother, let us have a toast to good health!"

Señor Juan took his pocketknife and popped the wax-sealed cork from the first wine bottle. He filled each glass with sparkling red wine. He handed a glass to his brother.

"My brother, let us lift our glasses to laughter!"

Jaime took a glass. He quickly glanced at the kitchen door. "We cannot let Cora have a drink or she will die tomorrow, Juan. You know you should not have brought wine."

Señor Juan gave a guttural laugh. "To life!" His voice was loud and echoing.

A soft voice came from the other room. Cora called out, "Jaime, Jaime, I don't feel well at all. Where are the herbs?"

Jaime faced his brother. Señor Juan put his hand on the wooden box. "Damn, I forgot the herbs! Well, wine is made from grapes, and grapes can be considered an herb, yes?" Jaime shook his head.

The soft voice called out again. "Jaime, who is here? Is it your brother with the herbs?"

"Juan, we have to take her something! She will not rest until she has some herb tea or something!" Jaime sat defeated on the bench at the kitchen table. He pushed the dirty dishes away from him and placed his glass of wine amongst the soiled cloths and bits of food.

Señor Juan put his glass down on the counter. He carried the third glass of wine into the other room. "Please excuse, Señora, but I believe you called for a doctor. Here is some very special medicine for you. You must sip it, for this is all you will get." He bowed deeply as he handed the glass of red wine to the pale figure covered with many quilts.

Her shaking white hand grabbed the glass. Eagerly she propped herself up on one elbow and downed the wine in one gulp.

"Is there more?" Her voice took on new depth.

Señor Juan stepped back. "No, one glass is all the doctor brought."

Jaime siguió a su hermano —. ¿Vida y buena salud? Estamos todos vivos, gracias a Dios, pero la buena salud es difícil de hallar en estos días. —Jaime miró prender la estufa a su hermano y luego poner en ella la olla de tamales. Sus ojos se pusieron más grandes cuando vio que su hermano desenvolvía las dos botellas de vino tinto.

—No se toma en esta casa, Juan. Tú sabes el daño que le hace a Cora.

El señor Juan abrió un aparador y sacó tres copas grandes —. A Cora le hace falta divertirse. Siempre está malhumorada y enferma. Esto le animará. Ven, hermano, ¡brindemos por la buena salud!

El señor Juan sacó su navaja del bolsillo y quitó el corchón sellado de cera de la primera botella de vino. Llenó cada copa con el centelleante vino tinto. Le ofreció un vaso a su hermano.

—Hermano, ¡levantemos los vasos por la risa!

Jaime tomó un vaso. Echó un vistazo rápido a la puerta de la cocina: —No debemos dejarle tomar a Cora o morirá mañana, Juan. Sabes que no debiste traer vino.

El señor Juan se rio: —¡Por la vida!— Su voz era fuerte y sonora.

Del otro cuarto se oyó una voz baja. Cora llamó: —Jaime, Jaime, no me siento nada bien. ¿Dónde están las yerbas?

Jaime le dio la cara a su hermano. El señor Juan puso la mano en la caja de madera—. ¡Demonios! Se me olvidaron las yerbas. Pues, el vino se hace de las uvas, y las uvas pueden considerarse yerbas, ¿verdad? — Jaime se negó con la cabeza.

La voz baja llamó otra vez: — Jaime, ¿quién está aquí? ¿No sera tu hermano con las yerbas?

—Juan, ¡tenemos que llevarle algo! ¡No descansará hasta que tome té de yerbas o algo por el estilo! — Jaime estaba sentado derrotado en el banco en la mesa de cocina. Apartó los platos sucios y colocó su vaso de vino entre los paños sucios y los restos de comida.

El señor Juan dejó su vaso en el tablero. Llevó la tercera copa de vino al otro cuarto — Perdóneme, señora, pero creo que pidió que viniera un doctor. Aquí tiene para usted una medicina muy especial. Hay que tomarla a sorbos, porque no recibirá más. —Hizo una reverencia profunda al ofrecer el vaso de vino tinto a la figura pálida cubierta de muchas colchas.

La blanca mano temblante de ella tomó el vaso. Con ganas se apoyó en el codo y vació el vaso de un solo trago.

—¿Hay más? —Su voz se hizo más profunda.

El señor Juan dio paso atrás. —No, trajo el doctor un vaso nomás.

The small figure rose up on her knees, the thin white cotton night-gown hanging from her bony shoulders. Her long black hair was tousled. Her dark eyes sparkled in her pale, porcelain skin.

"Doctor, I need more!" Señor Juan jumped as Jaime's hand touched his back.

Jaime handed Cora his brother's glass of wine. Señor Juan put out his hand to stop Jaime, but Cora already had the glass to her mouth.

"Yes! Where is the bottle?"

Cora ran into the kitchen. Her small white hands grabbed the bottle. She poured the fluid down her throat. Jaime followed his brother to the kitchen door. "You see, my brother, you should not have brought the wine!"

Señor Juan walked to the stove. The pot was steaming. He placed the pot on a dirty dish on the table. "Here, I brought you freshly-made tamales. But it doesn't appear anyone is very hungry."

Cora by now had found the second bottle of wine. She was fighting with the wax and the cork. She tried to open it with her teeth, then with the end of a spoon. Jaime took the bottle away from her, opened the back door, and threw it to the ground. The sound of breaking glass shattered the stillness of the night.

Señor Juan nodded to his brother. "I will be going now. My mare knows her way home in the dark blindfolded. Cora, I am glad you are feeling better. Good night, my brother."

Jaime was busy trying to restrain Cora. She was throwing dirty dishes at the wall and screaming. Señor Juan let himself out.

He unhitched the mare, letting her trot down the road, slobbering in her feed bag. He let his thoughts wander as the sound of the hooves clip-clopped down the dirt road. Suddenly he sniffed—something was burning in the back of the carriage. He jumped round and to his amazement there was a man sitting in the back of the carriage, smoking a cigar. Señor Juan turned to his mare. "I am seeing things." Cautiously he turned again, studying the man in the back of the carriage.

The man leaned back comfortably on the cushioned seat. He wore a black top hat and a coat too warm for the weather. His black pants were neatly pressed down to finely-polished, black shoes. The man's face glowed from the smoldering cigar in his mouth. Señor Juan turned back to his mare. Yes, he knew his horse. He knew this road, but he did not know the man sitting in his carriage.

La figura diminuta se levantó hasta arodillarse. El ligero camisón blanco de algodón colgaba de sus hombros huesudos. Tenía despeinado el largo pelo negro. Sus ojos oscuros brillaban en su piel de porcelana.

—Doctor, ¡necesito más! —El señor Juan dio un salto al sentir la mano de Jaime tocarle la espalda.

Jaime le dio a Cora el vaso de su hermano. El señor Juan alargó la mano para detener a Jaime, pero Cora ya tenía el vaso a su boca.

— ¡Sí! ¿Dónde está la botella?

Cora fue corriendo a la cocina. Sus pequeñas manos blancas agarraron la botella. Se tragó el líquido a chorros. Jaime siguió a su hermano a la puerta de la cocina.

—¿Ya ves, hermano? ¡No debiste traer el vino!

El señor Juan fue a la estufa. La olla humeaba. Puso la olla sobre un plato sucio en la mesa —. Miren, les traje tamales frescos. Pero se nota que no tienen hambre.

Cora para entonces ya había encontrado la segunda botella de vino. Luchaba con la cera y el corchón. Trató de abrirla con los dientes, luego con la manga de una cuchara. Jaime le quitó la botella, abrió la puerta, y echó la botella al suelo. El estrépito del vidrio al estrellarse rompió la tranquilidad de la noche.

El señor Juan afirmó con la cabeza: —Mejor que me vaya ahora. Mi yegua sabe llegar a casa en la oscuridad hasta con los ojos vendados. Cora, me alegro de que usted se sienta mejor. Buenas noches, hermano.

Jaime se ocupaba tratando de controlar a Cora. Ella gritaba y tiraba platos sucios a la pared. El señor Juan salió solo.

Desató la yegua y le dejó trotar por el camino, baboseando en el morral. Juan dejó vagar la imaginacion al compás del tictac de los cascos en el camino. De pronto olfateó —algo se quemaba en la parte trasera de su coche. Volteó con un salto y le asombró ver un hombre sentado allí, fumando un puro. El señor Juan se dirigió a la yegua:—Estoy halucinando. —Cauteloso, se volvió de nuevo para contemplar al hombre detrás de él.

El hombre se recostaba cómodo en el asiento acolchado. Vestía un sombrero de copa negro y un abrigo demasiado grueso para la estación. Sus planchados pantalones negros llegaban hasta los zapatos negros bien pulidos. La cara del hombre reflejaba la luz del puro que llevaba en la boca. El señor Juan se volvió hacia su yegua. Sí, conocía la yegua. Conocía el camino, pero no conocía al señor sentado en su coche.

There was a soft cough from the back of the carriage. Señor Juan turned again. Sitting beside the man was a majestic woman with long, flowing black hair. She wore a white wedding dress with lace and fine embroidery. Señor Juan closed his eyes and faced forward.

There was a slight tap on his shoulder. He pulled the mare to a stop. Señor Juan spoke, his voice faltering.

"What is it you want?"

A deep, threatening voice answered him. "Let us out here! Our job is done!"

Señor Juan jumped down from the carriage and lowered the stair. The man, smoking his cigar, stepped down, turned, and helped the beautiful woman to the ground. They appeared to float as they walked away.

Señor Juan reached into the back of the carriage. He pulled out a kerosene lamp and quickly reaching into his pocket, he retrieved the matches. He lit the kerosene lamp and looked for the couple. They were gone. Señor Juan happened to look down at the ground as he lifted the stair into the back of the carriage. There on the ground were two sets of prints.

Both prints were of cloven hoofs. Señor Juan drove home silently. He never brought wine to Jaime or Cora again. As a matter of fact, he never again drank red wine.

Oyó un tos quedito desde atrás. El señor Juan se volvió de nuevo. Sentada junto al hombre había una mujer majestuosa que tenía suelto su largo pelo negro. Vestía un traje de novia blanco con encaje y bordado elegante. El señor Juan cerró los ojos y volteó la cara hacia adelante.

Sintió un golpecito leve en el hombro. Detuvo la yegua. El señor Juan habló, la voz temblante: —¿Qué es lo que quiere?

Le contestó una voz profunda, amenazante: —Déjenos bajar aquí. Nuestro trabajo está hecho.

El señor Juan bajó de un salto del coche, y colocó el escalón. El hombre, fumando su puro, bajó, volteó, y ayudó bajar a la mujer hermosa. Parecían flotar al alejarse.

El señor Juan buscó en la parte trasera del coche. Sacó una lámpara de querosено y, metiendo la mano en el bolsillo, sacó rapidamente los fósforos. Prendió la lámpara y buscó la pareja. No estaban. El señor Juan por casualidad miró el suelo cuando subía el escalón al coche. Allí en el suelo vio dos líneas de huellas.

Las dos eran de pezuñas hendidas. El señor Juan condujo en silencio a casa. Nunca más llevó vino a Jaime o a Cora. De hecho, nunca más bebió vino tinto.

La viuda coneja

Widow Rabbit

Widow Rabbit

Concha de Oñate is an old widow. While she told my daughters Nicole and Claire this story, I wondered if she was speaking of herself. She lived on a small fruit farm between Chimayó and Las Truchas. Her face appeared ageless, her skin porcelain white, her hands delicate—and she did have two fingers missing on her left hand. Her white lace collar, soft lavender pastel dress, and thick-soled black shoes were immaculate. No, certainly she was not the Widow Rabbit—or was she?

The winter frost covered the land. As the early dawn crept along the mountain ridge, one lone figure sat huddled among the juniper bushes and chamisa plants. His fingers, white with cold, stood out against his brown wool overcoat. His long, lanky legs shivered in heavy brown work-pants. He pulled the wool scarf around his throat. Staring out at the land, his brown eyes were droopy with sleep.

As he picked up the scythe which had fallen to his side on the ground, he whispered. "That creature has to show up sometime." Paco de Libros was not to be outdone this morning. Each morning for the last two weeks his cows had come in for their milking with bloody, ripped teats.

Paco reached into his pocket. He stopped. Something in the bush had moved. He steadied his hands on the scythe. A long, orange cat leapt out from the chamisa.

"Melon, get away from here! There are no mice here, they are all in the barn. Shoo!" He threw a piece of bark at the cat. It jumped, turned, and leaped onto the board fence, then walked arrogantly to the fence post and sat licking himself.

Paco de Libros reached back into his pocket, feeling for his watch. There, another movement was coming from the bush. The cat froze, watching the bush. Paco waited. A large rabbit hopped onto the field. The rabbit stood on its haunches, turned ever so slowly and dropped to all fours. The silky, silver fur glistened in the wet grass. Melon's back arched,

La viuda coneja

Concha de Oñate es una viuda vieja. Mientras contaba esta historia a mis hijas Nicole y Claire, yo me preguntaba si hablaba de sí misma. Vivía en una granja pequeña entre Chimayó y Las Truchas. La cara de ella no representaba su edad. Tenía la piel blanca como porcelana y las manos finas — y le faltaban dos dedos de la mano izquierda. El cuello de encaje blanco, el suave vestido color lavanda clara, y los zapatos negros de suelos gruesos estaban inmaculados todos. No, seguramente no era la Viuda Coneja — o ¿si?

La escarcha invernal cubría la tierra. Mientras se delizaba el amanecer por la cordillera, una figura sola se hallaba acurrucada entre los sabinos y los chamisos. Sus dedos, blancos del frío, contrastaban con su abrigo de lana color marrón. Las largas piernas flacas temblaban en los gruesos pantalones pardos. Fijándose en el paisaje, sus ojos morenos entrecerraban de sueño. Apretó la bufanda de lana en el cuello.

Al recoger la hoz que había caído a su lado en el suelo, susurró: —Ese animal ha de venir pronto. —Paco de Libros no se dejaría vencer esta mañana. Cada mañana de las últimas dos semanas su vacas habían llegado para el ordeño con las ubres desgarradas y sangrientas.

Paco metió la mano en el bolsillo. Se detuvo. Algo se había movido en el matorral. Apoyó las manos en la hoz. Un gran gato anaranjado saltó de entre los chamisos.

—Melón, ¡quítate! No hay ratones aquí, todos están en el establo. ¡Fuera! —Le lanzó un pedazo de corteza al gato. Melón brincó, volteó, y subió de un salto a la cerca de tablas, luego caminó arrogante al poste y se sentó a lamerse.

Paco de Libros volvió a echar mano en el bolsillo, buscando el reloj. ¡Ahí está!— otro movimiento desde el matorral. El gato se quedó inmóvil, mirando. Paco esperó. Un conejo grande apareció en el campo dando saltitos. El conejo se paró en las patas traseras, dio una vuelta muy despacio, y se dejó caer a cuatro patas. Su suave piel plateada relucía en el pasto

his tail frizzed straight out, and in one leap he disappeared into the barn.

A large dairy cow sauntered slowly to a wet patch of yellowing alfalfa. The cow quietly ripped the alfalfa with her mouth and chewed. The rabbit slithered along the ground, around the cow's hooves, and slid under her teats. It grabbed hold of one teat and began to suck and chew. The cow bolted, kicked, and raced around the field. Paco de Libros pushed his stiff, cold legs up off the ground, following the cow, waving the scythe.

The cow began mooing and jumping. The rabbit continued to hold fast to the teat. Paco leaped to the ground and with the scythe, hit the rabbit. The rabbit jerked and raced off the field. Paco lay on the ground, sighing.

He crawled on his hands and knees over to the quiet cow. The teat was ripped, bleeding, and split.

"Oh, all of that for nothing!" He stood and walked to the place where he had swung at the rabbit. Lying in the alfalfa was a rabbit's paw.

Paco picked up the paw, studying the ground around it. Blood. There was a bloody trail. He stuffed the paw in his pocket next to his watch. He followed the blood. The bushes covered most of the trail, but he picked it up again at the road into town. He walked carefully, studying the drops of blood.

He walked past the church, past the library, past the mayor's house to the widow Martínez' house. The blood followed her flagstone path. Paco de Libros stopped, staring at the house. Mrs. Martínez was a well respected widow of the community. He put down his scythe at her front gate. Quietly, he opened the gate and tiptoed down the flagstone path to her front hall window. He turned and contemplated the sleeping village. All was as it should be.

He peered through the window. The flowers on the front table were beautiful. The door to the kitchen was open and hot water was boiling on the stove. Everything was as it should be. He carefully stepped over the wildflowers in her front garden to peer into the kitchen window. He could not see through the kitchen curtain.

The back door window had no curtain. He stood on his toes, examining the kitchen. The table was set for one person. As it should be. The dishes by the sink were washed and draining. As they should be. Herbs hung in bundles from the ceiling beams. As they should be. The quiet sounds of someone crying were not as they should be. He stretched his

mojado. Melón arqueó el lomo, erizó la cola, y de un salto desapareció en el establo.

Una vaca grande caminó despacio a unas plantas amarilleantes de alfalfa mojada. La vaca tranquilamente mordió la alfalfa y empezó a masticar. El conejo se arrastró por el suelo, alrededor de las patas de la vaca, y se deslizó por abajo de las tetas. Agarró una teta y empezó a chupar y a morderla. La vaca dio un brinco, pateó, y se fue corriendo por el campo. Paco de Libros se puso en pie, forzando las tiesas y frías piernas, y siguió la vaca, blandiendo la hoz.

La vaca empezó a bramar y brincar. El conejo siguió aferrado a la teta. Paco se lanzó al suelo y pegó al conejo con la hoz. El conejo se estremeció y se huyó rápido del campo. Paco se encontró acostado en el suelo, suspirando.

Se arrastró a gatas a la vaca quieta. La teta estaba desgarrada, sangrienta y partida.

—¡Ay, tanta molestia por nada! —Se paró y caminó al lugar donde había pegado el golpe al conejo. Ahí en la alfalfa había una pata de conejo.

Paco recogió la pata, registrando el suelo por alrededor. Sangre. Había huellas sangrientas. Metió la pata en el bolsillo junto al reloj. Siguió la sangre. Los arbustos escondían la mayor parte de las huellas pero las encontró de nuevo en el camino a la aldea. Caminó con cuidado, mirando bien las gotas de sangre.

Pasó por la iglesia, la biblioteca, la casa del alcalde hasta llegar a la casa de la viuda Martínez. La sangre seguía su vereda de losas. Paco de Libros se detuvo, mirando la casa. La viuda Martínez era bien respetada por la comunidad. Dejó la hoz a la puerta de la cerca. Sin hacer ruido abrió la puerta y fue de puntillas por la vereda de losas a la ventana de la entrada. Se volvió a contemplar la aldea durmiente. Todo estaba como era debido.

Miró adentro por la ventana. Las flores en la mesa se veían bonitas. La puerta de la cocina estaba abierta y agua caliente hervía en la estufa. Todo estaba como era debido. Cuidando de no pisar las flores silvestres en el jardín, fue para echar una mirada por la ventana de la cocina. Mas la cortina le tapaba la vista.

La ventana de la puerta trasera no tenía cortina. De puntillas, examinó la cocina. La mesa estaba puesta para una persona. Como era debido. Los platos junto al fregadero estaban lavados y secándose. Como era debido. La yerbas colgaban en ramos atados a las vigas del techo. Como era debido. Los quejidos sordos de alguien que lloraba no eran como debido. Estiró el cuello para ver a la señora Martínez acurrucada en

neck around to see Mrs. Martínez huddled in the corner, crying. She was rocking back and forth on her kitchen chair holding a bundle.

The bundle was all white with red blotches in it. Paco de Libros yanked the kitchen door open. He rushed in to confront Mrs. Martínez.

"Have you hurt yourself?"

She glared at him. Her black eyes burned red with anger. "Give me back my arm!"

Paco put his hand in his coat pocket. He felt his watch and the rabbit's paw. "Your arm? What would I be doing with your arm?"

Mrs. Martínez stood. Her thin black house dress hung from her shivering shoulders. Her face was ashen grey and her lips trembled as she hunched over, unwrapping the bandage. She stuck out a bloody stump where her lower arm and hand should be. Paco de Libros pulled his empty hand from his pocket.

"Mrs. Martínez, you are to stay away from my cows! You are a witch!" He edged toward the back door, feeling the hair on the back of his neck rise.

"Give back the rabbit's foot!" Mrs. Martínez slid her heavy woolen slippers towards him. Her voice was deep, eerie.

Paco groped for the door. Slowly he opened it, still facing Mrs. Martínez.

"Give me back my rabbit's foot! It's mine!" Her bloody stump of an arm waved at him. He reached into his pocket and he felt the blood-caked rabbit's foot.

"No, Mrs. Martínez, I shall save it for good luck!"

Paco de Libros slammed the kitchen door behind him and raced to the gate. Grabbing his scythe, he ran home. He made himself a fine breakfast and a cup of steaming coffee, patted Melon, and quietly hung the rabbit's foot upside down inside his front hall. Then he went outside to milk his cows in the warmth of the morning sun.

el rincón, llorando. Se mecía para adelante y para atrás en la silla de cocina con un bulto en las manos.

El bulto era blanco manchado de rojo. Paco de Libros abrió de un tirón la puerta de cocina. Entró de prisa para enfrentarse a la señora Martínez.

—¿Usted se lastimó?

Ella lo miró feroz. Sus ojos negros ardían rojos de ira: — ¡Devuélvame el brazo!

Paco metió la mano en el bolsillo del abrigo. Tocó el reloj y la pata de conejo. —¿Su brazo? ¿Qué he de hacer yo con el brazo de usted?

La señora Martínez se levantó. Su ligera bata negra colgaba de sus hombros tiritantes. Su cara era gris como cenizas y sus labios temblaban mientras se encorvaba, desenvolviendo la venda. Le tendió un muñón sangriento donde debía tener el antebrazo y la mano. Paco de Libros quitó del bolsillo su mano vacía.

—Señora Martínez, ¡que deje en paz mis vacas! ¡Es usted una bruja!
—Se alejó poco a poco hacia la puerta trasera, sintiendo erizarse el pelo en la nuca.

—¡Devuélvame la pata de conejo! —La señora Martínez deslizó las gruesas pantuflas de lana hacia él. Su voz era honda, misteriosa.

Paco buscó a tientas la puerta. Lentamente la abrió, sin dejar de mirar a la señora.

—¡Devuélvame mi pata de conejo! ¡Es mía! — Le amenazó con el muñón sangriento. Paco echó mano en el bolsillo y tocó la pata de conejo cubierta de sangre endurecida.

—No, señora Martínez. ¡La voy a guardar para la buena suerte!

Paco de Libros cerró de un tirón la puerta de la cocina y se echó a correr a la puerta de la cerca. Agarró la hoz y corrió a casa. Se preparó un buen desayuno y un café humeante, acarició a Melón y tranquilamente colgó al revés en la entrada la pata de conejo. Entonces salió a ordeñar sus vacas en el cálido sol de la mañana.

Los gatos en el ropero

The Cats in the Closet

The Cats in the Closet

This story was passed on to me by my brother, Dr. Olivario Pijoan. Our fami-ly moved onto a farm in Nambé, New Mexico, which had thirty-two cats, most of them living in the barn. My mother loved them, but my father found them a bother. One cat lost the tip of his tail in the hay baler. My father would follow school buses and give a cat to each child who got off the bus. My brother told me this story one late, stormy night when the lights were out. I hope you love it as much as I do.

Mario moved in with his mother. She was anxious to re-establish a close bond with him. Tisha had divorced Mario's father several years ago and had worked hard to buy her own home and good clothes, and to be able to provide for her son. Mario was unsure about this change, for he had enjoyed his life with his father.

Tisha worked hard to provide books and clothes for Mario. She absolutely refused to allow him to drink or go to parties. This was all right with Mario, but the food his mother fixed was not to his liking. Not at all.

Mario liked doughnuts, candy, and even some chewing tobacco now and then. Tisha would not allow him to have any of these items in her house. She was adamant about what was not allowed.

Mario decided he would have to gather his own favorite foods and hide them from his mother. At first he brought home only what he could eat at night in bed while she was sleeping. Then he brought home food for the weekends and hid it in the closet.

Tisha worked all day, came home, fixed dinner, read her book, and went to bed with her black cat. Mario would then creep out of his bed, close his bedroom door, light a candle beside the bed, and open the closet. His white shoe box, on the top shelf of the closet, was filled with goodies. Mario sat on the closet floor and ate or chewed his tobacco.

Los gatos en el ropero

Este cuento me lo pasó mi hermano, el doctor Olivario Pijoán. Nuestra familia se mudó a una finca en Nambé, Nuevo México, donde había treinta y dos gatos, la mayoría viviendo en el establo. Mi madre los quería mucho pero para mi padre eran una molestia. Un gato perdió la punta de la cola en el empacador de pasto. Mi padre solía seguir los camiones escolares para regalar un gato a cada niño que bajaba del camión. Mi hermano me contó este relato con las luces apagadas en las altas horas de una noche tempestuosa. Espero que te encante a ti tanto como a mí.

Mario se mudó a la casa de su madre. Ella ansiaba tener de nuevo una relación estrecha con él. Tisha había divorciado al padre de Mario hacía varios años y había trabajado mucho para comprar su propia casa y ropa buena, y para poder mantener a su hijo. Mario no sabía cómo se sentía en cuanto al cambio, ya que había disfrutado la vida con su padre.

Tisha trabajaba duro para darle libros y ropa a Mario. Se negaba rotundamente a permitirle tomar o ir a fiestas. Mario no tenía ningún inconveniente con esto, pero no le gustaba la comida que su madre le preparaba. En absoluto.

A Mario le gustaban las donas, los dulces y hasta el tabaco a masticar de vez en cuando. Todas estas cosas Tisha las tenía prohibidas en su casa. Era inflexible en cuanto a lo que no se permitía.

Mario decidió conseguir sus comidas preferidas y esconderlas de su madre. Al principio sólo trajo a casa lo que pudiera comer en la cama por la noche cuando ella dormía. Luego traía comida para los fines de semana y la escondió en el ropero.

Tisha trabajaba todo el día, volvía a casa, preparaba la cena, leía su libro, y se acostaba con su gato negro. Entonces Mario se deslizaba de su cama, cerraba la puerta de su dormitorio, y abría el ropero. Su caja blanca para zapatos, en el estante más alto del ropero, estaba llena de delicias. Mario se quedaba sentado en el piso del ropero comiendo o masticando su tabaco.

Chewing tobacco is a messy habit. Mario had stolen an empty coffee can from the kitchen and would spit into it. Then he would seal it up carefully and place it behind his smelly old sneakers where his mother would never find it. After a while he would climb into bed and fall into a blissful sleep, feeling good that he had a life secret from his mother.

Time went on and life was good for both of them—until his mother hurt herself at work. She tripped over a rug at her office and broke her arm. Mario now had little time to himself. The winter came and the weather was stormy. Mario had less time to get out.

Tisha never left the house. She would sit by the fire in the living room and stroke her black cat. The food in the kitchen was meager. The house became dirty and unkempt. Tisha complained all the time about her arm. She would send Mario to the store for food, but Mario bought mostly for himself and hid his own goodies in the closet. He was careful to keep the black cat out of his room. He kept his door closed.

The winter nights became colder. Tisha complained and cried, for she was hungry, worried, and wracked with pain. She would sit hugging her black cat, crying. Mario ignored her while he ate at night in his closet by the light of the candle.

One night, Mario heard the cat scratching at his bedroom door. He rolled over and ignored it. The next night, he again heard the scratching. He sat up to find the door open. He got out of bed and lit a candle.

The scratching continued. Mario stuck his head around the door looking for the cat. He saw his mother sitting at the kitchen table sobbing.

"Mother, what is wrong?"

"Mario, not only is there no food, but my black cat is gone! I cannot find him anywhere! Oh, Mario, what shall we do?"

Mario went back to bed.

The night after that, Mario was again awakened by the sound of scratching. He tried to ignore it, but it was louder than before. Sitting up, he saw the figure of his mother walking to the kitchen. He sighed. He could hear her crying. She was hungry. Mario shook his head. He put on his bathrobe and walked to the kitchen.

"Mother, are you hungry?"

Tisha jumped, startled by his appearance. "Son, I am not as hungry as you are, but yes, I am hungry. It has been days since we have had more

Masticar tabaco es un hábito sucio. Mario había hurtado de la cocina una lata para café vacía y solía escupir en ella. Luego la cerraba con cuidado para colocarla detrás de sus viejos tenis apestosos donde su madre no la hallaría nunca. Más tarde se acostaba y se dormía dichoso, contento de tener una vida secreta de su madre.

Pasó el tiempo y la vida era buena para los dos —hasta que la madre se lastimó en el trabajo. Había tropezado con un tapete en su oficina y había fracturado el brazo. Ahora Mario no tenía mucho tiempo a solas. Llegó el invierno y el tiempo se puso tempestuoso. Mario tenía menos tiempo para salir.

Tisha no salía nunca de la casa. Se quedaba sentada junto a la chimenea en la sala acariciando el gato negro. Había poca comida en la cocina. La casa se puso sucia y desordenada. Tisha se quejaba del brazo todo el tiempo. Le mandaba a Mario a la tienda para comprar comida, pero Mario compraba principalmente lo que le gustaba a él y escondía sus dulces en el ropero. Tenía cuidado por evitar que el gato negro entrara en su cuarto. Mantenía cerrada la puerta de su recámara.

La noches de invierno se pusieron más frías. Tisha se quejaba y lloraba, porque tenía hambre y estaba preocupada y adolorida. Acariciaba el gato negro, llorando. Mario no le hacía caso mientras comía por la noche en el ropero a la luz de una vela.

Una noche, Mario oyó que el gato arañaba la puerta de su dormitorio. Dio la vuelta en la cama y no le hizo caso. La próxima noche, volvió a oir las arañadas. Se sentó para ver que la puerta estaba abierta. Se levantó y prendió la vela.

El arañar continuaba. Mario asomó por la puerta en busca del gato. Vio a su madre sentada en la mesa de la cocina sollozando.

—Mamá, ¿qué tienes?

—Mario, no sólo es que no hay comida, sino que se fue el gato negro. No lo encuentro en ningún lado. Ay, Mario, ¿qué vamos a hacer?

Mario volvió a acostarse.

La noche siguiente, Mario fue despertado otra vez por el sonido de arañar. Trató de no hacerle caso pero era más fuerte que antes. Al incorporarse en la cama, vio la figura de su madre caminando a la cocina. Suspiró. Podía oir que lloraba. Tenía hambre. Mario movió la cabeza. Se puso la bata y fue a la cocina.

—Mamá, ¿tienes hambre?

Tisha sobresaltó, asustada por su presencia —. Hijo, no tengo tanta hambre como tú, pero sí tengo hambre. Hace días que no tenemos más

than half an apple to eat. I have to find a way to get money and have food." The tears rolled down her thin white cheeks. "I miss my black cat, Mario, isn't that dumb?"

Mario knelt down beside her.

"Mother, I have food. I am sorry, I did not tell you. I have food hidden in my closet." His voice was sorrowful.

Tisha leaned forward, studying his eyes. "What?"

"Mother, I took the money your boss sent over and bought food for myself. I didn't know it would hurt you. I'm sorry." Mario's eyes filled with tears. "Wait here, I will bring you some doughnuts."

Tisha blinked at him. "Doughnuts?"

Mario stood nodding to her. He walked back into his bedroom, then he stopped. The scratching continued. The sound was very loud. He stooped and lifted his bedspread. There was nothing there. The scratching was claws on wood, the wood being shredded. Mario turned and stared at the closet.

He put his hand on the closet doorknob. He jiggled the knob. The door would not open. Mario pulled as he jiggled the knob. The door was stuck.

"Mother, come here! I cannot get the closet door open!"

Tisha slid her worn slippers across the wooden floor to Mario's room. He was holding the doorknob with his hands. He had one foot on the floor and the other against the wall.

"Mario, what are you doing?"

"I can't get the door open! It's stuck!" Mario grimaced and clenched his teeth as he yanked on the door. The knob fell off and he crashed to the floor, hitting his head against the bed frame.

"Ow!"

"Why are you trying to get into the closet?" Tisha ran to his side to help him up.

"The food is in the closet!" He pushed her aside to pound on the door.

"Shh, Mario, listen." Tisha put her hand on his shoulder.

The scratching sounds continued. They were ripping and tearing something wooden.

"Did you put my black cat in there?" Tisha pointed to the closet.

"No! That is where I keep my food!" In his anger, Mario shoved his mother, knocking her down to the floor. She winced in pain as her healing arm hit the hard wood.

que media manzana para comer. Tengo que encontrar la manera de conseguir dinero y comprar comida. —Las lágrimas le corrían por las pálidas mejillas demacradas —. Echo de menos a mi gato negro, Mario. ¿No te parece una tontería?

Mario se arrodilló a su lado.

—Mamá, tengo comida. Lo siento, no te dije. Tengo comida escondida en mi ropero. —Su voz era triste.

Tisha se inclinó, mirando sus ojos: —¿Qué dices?

—Mamá, tomé el dinero que te mandó tu jefe y compré comida para mí. No sabía que te haría daño. Lo siento. —Los ojos de Mario se llenaron de lágrimas:—Espera aquí, te voy a traer unas donas.

Tisha parpadeó: —¿Donas?

Mario se levantó, afirmando con la cabeza. Volvió a su cuarto, luego se detuvo. Continuaba el arañar. El sonido era muy recio. Se agachó y levantó su cobertor. No había nada. Las arañadas parecían ser las de uñas en madera, la madera destrozada. Mario volteó y se fijó en el ropero.

Puso la mano en el pomo de la puerta del ropero. Meneó el pomo. No cedió la puerta. Mario jaló y meneó el pomo. La puerta estaba atascada.

—Mamá, ven. No puedo abrir la puerta del ropero.

Tisha deslizó sus pantuflas gastadas por el piso de madera hasta llegar al cuarto de Mario. Tenía las manos en el pomo. Tenía un pie en el piso y el otro contra la pared.

—Mario,¿qué haces?

—¡No puedo abrir la puerta! ¡Está atrancada! —Mario hizo una mueca y apretó los dientes mientras jaló la puerta. El pomo se quebró y Mario se estrelló en el piso, pegando la cabeza en la armadura de la cama.

— ¡Ay!

—¿Por qué tratas de entrar en el ropero? —Tisha corrió de prisa a su lado para ayudarle a levantarse.

—¡La comida está en el ropero! —La apartó de un empujón para dar golpes en la puerta.

—Ssh, Mario, escucha.—Tisha puso la mano en el hombro de Mario.

El sonido de arañar continuaba. Se desgarraba y destrozaba algo de madera.

—¿Metiste mi gato negro adentro? —Tisha indicó el ropero.

—¡No! ¡Allí es donde guardo mi comida! — Mario empujó enojado a su madre, tirándola al piso. Ella hizo una mueca de dolor cuando el brazo que aún estaba sanando se pegó al duro piso de madera.

Mario's hand flew back as the closet door crashed onto him. He threw the door to the side, letting it hit the bed. Black cats, thousands of black cats, flew out of the closet screaming, straight for Mario. He flung his arms up in front of his face. Stumbling over his mother, he fled the room. Tisha cried out as she hid under the bed.

No one but Tisha knew what happened that night. Mario ran down the road with thousands of black cats chasing him. He never came back to town. He was never heard of again.

Tisha finally came out from under the bed at dawn. She crawled out, listened, and waited. No cats, no people, nothing was in the house. She moved to the closet and there on the floor was an overturned, smelly shoe box filled with doughnuts. Under it was a large pile of money. Tisha grabbed the shoe box and stuffed the doughnuts into her mouth. Then she sat and counted out the money.

Tisha has never left the house since that night. Very few people even remember what she looks like. The grocery boy who delivers the food has never seen her. The paper boy only throws the paper at the door. When the mailman delivers the mail, all the curtains are drawn. Only at night does there appear to be any life at Tisha's house. Black cats circle the house, watching. Some say they protect their owner with their magic.

De pronto la puerta del ropero se cayó sobre Mario, haciendo que su mano volara para atrás. Mario apartó la puerta de un tirón, y la puerta se cayó chocando contra la cama. Gatos negros, miles de gatos negros, salieron volados del ropero, maullando, precipitándose a Mario. Se defendió levantando los brazos a la cara. Tropezando contra su madre, se huyó del cuarto. Tisha gritó y se escondió debajo de la cama.

Nadie más que Tisha sabía lo que ocurrió aquella noche. Mario se fue corriendo por el camino perseguido por miles de gatos negros. Nunca volvió a la aldea. Nunca hubo noticias de él.

Por fin, al amanecer, Tisha salió de su escondite debajo de la cama. Salió gateándose, escuchó, y esperó. No había ni gatos, ni gente, ni nada en la casa. Fue al ropero y vio volcada en el piso una apestosa caja para zapatos llena de donas. Debajo de la caja se encontraba un montón de dinero. Tisha agarró la caja y atestó la boca de donas. Entonces se sentó a contar el dinero.

Desde aquella noche, Tisha no sale nunca de la casa. Poca gente recuerda siquiera cómo es. El muchacho del mercado que le entrega la comida nunca la ve. El muchacho del periódico lo tira a la puerta, nomás. Cuando el cartero entrega el correo, todas las cortinas están corridas. Sólo por la noche parece vivir la casa de Tisha. Gatos negros dan vueltas a la casa, mirándola. Dicen algunos que protegen con mágia a su dueña.

El herrero

The Blacksmith

The Blacksmith

Oh, this is an old story! I first heard it when I was ten years old watching a flash flood. The water covered the farmland on the San Juan Pueblo Indian reservation where we lived. My adopted uncle, Steven Trujillo, told it to me while I sat beside him under a tall cottonwood tree dripping with rain. Pieces of roof, chicken wire, boots, clothing, and pots and pans floated past us as his words brought this story to life.

The orange rays of dawn lit up the high cliff walls of the mountains shadowing the town of Antigua. The thick adobe walls kept the warmth inside as fires were built, water was drawn from the wells, and the day's rituals began. Horses neighed in stalls, eager for morning hay. Cows mooed in the field, waiting to be milked. Roosters crowed to one another as the sunlight hit the flat roofs of the community.

As the early farmers made their way to the fields, dogs howled and barked. Piglets squealed as their sow mothers, hurrying to the slop bins, pushed them away. Chickens cackled in the nesting bins, oblivious to anything other than laying their fat eggs. The town grew louder as the sun warmed into mid-morning. Busy folk worked the day away in happy anticipation of the quiet evening at home with their families. Well, most of the folk.

Outside of town lived the blacksmith, Raúl. He was a big man, muscular, filled with the power of steel. He was not a happy man, though. He cussed while he worked; he swore when he carried the heavy wheels to the carriage shop; and he moaned at his next job. Raúl was angriest at night when he returned home to his wife María.

María was a quiet soul who rarely went out. She appeared frightened of her own shadow. She was slight—no, she was almost invisible. María

El herrero

Oh, ¡éste es un cuento muy viejo! Lo oí por vez primera cuando miraba el desborde súbito de un río a la edad de diez años. El agua cubría los sembrados en la reserva del pueblo indígena de San Juan donde vivíamos. Mi tío adoptivo, Steven Trujillo, me lo contó cuando estábamos sentados bajo un alto álamo que goteaba después de la lluvia. Pedazos de techo, alambre, botas, ropa y trastes de cocina nos pasaban flotando mientras sus palabras animaron este relato.

Los rayos anaranjados del amanecer iluminaron los peñascos de la sierra que daba sombra al pueblo de Antigua. Las gruesas paredes de adobe retenían el calor dentro de las casas mientras se prendieron las estufas, se sacó agua de los pozos, y se empezaron los ritos cotidianos. Los caballos relincharon en los establos, anticipando el pasto de la mañana. La vacas bramaron, esperando el ordeño. Los gallos se cantaron uno al otro al pegar el sol a los techos planos de la comunidad.

Mientras los labradores madrugadores se emprendieron el camino a los campos, los perros aullaron y ladraron. Los cochinitos chillaron cuando las marranas los echaron al lado para apresurarse a los pesebres de bazofia. Las gallinas cacarearon en los ponederos, inconscientes de todo menos el acto de poner los huevos grandes. El bullicio del pueblo se intensificó conforme la mañana entraba más. La gente pasó todo el día trabajando duro con la anticipación de pasar la tarde tranquila en casa con la familia. Es decir, la mayoría de la gente.

En las afueras del pueblo vivía el herrero Raúl. Era un hombre fornido, musculoso, resistente como el acero. Sin embargo, no era contento. Trabajaba con una maldición en la boca; decía palabrotas cuando llevaba las ruedas pesadas al taller de carros: y se quejaba al empezar la próxima tarea. Se ponía más enojado por la noche al volver a casa con su mujer María.

María era una criatura callada que raras veces salió de la casa. Parecía tener miedo hasta de su propia sombra. Era menuda —mejor dicho, era

stood no taller than four feet, weighed no more than seventy pounds, and had no noticeable trait except her huge green eyes.

When Raúl shouted at her to go into town for food, she would hover, crying. No, she would not go to town. He would ask her to take his father's old silver pitcher to the jeweler's to trade. María just cried, hiding her face.

Then Raúl would go to town at night. Before he did errands, he would stop at the bar. There he would drink with friends, catch up on news, and get very drunk. He would curse María, his home, his job, and anyone who sat across from him. Such was his life!

One fiery dawn brought the town awake as always. The horses neighed, the cows mooed, the roosters crowed, but something was missing. By noon the people had discovered what it was—the sound of the blacksmith hitting his anvil. No loud pounding echoed between the mountains.

Mr. Ortíz, Mr. Herrera, Mr. Gutiérrez, and Mr. Romero agreed to walk to the blacksmith's shop and find out why Raúl was quiet. Mr. Herrera knocked on the door of the shop. There was no answer. The men moved around the shop to the house. Mr. Ortíz knocked this time. The four men waited silently.

The curtain in the front room moved. Heavy footsteps were heard on the wooden floor, and then the heavy wooden door opened. Raúl's face emerged. His cheeks were red, his eyes were wide, his nose was running. "She stopped breathing! She just stopped breathing...I tried! I tried, but...she stopped breathing!" Raúl fell to his knees in front of the men.

The men looked at one another. Raúl slowly lifted his hand and pointed to the bedroom. "She's in there...she's not breathing...help me!"

The four men gathered together, letting Raúl sob alone on his knees. Mr. Romero spoke first. "Mr. Herrera will stay here with you while we go for the doctor."

Mr. Herrera helped Raúl up by his armpits. "Come, let us have some coffee."

The three men raced back to town. They hurried to the doctor's office. The doctor agreed to come as soon as he was finished with the patient he was attending. The three men went to their homes to tell their wives. The wives gathered up freshly-baked bread, hot stew, and skins of milk. They followed their husbands to Raúl's home.

The wives busied themselves in the kitchen cooking, cleaning, setting tables, and straightening chairs at the table. The four men spoke quietly

casi invisible. María no medía más que cuatro pies de alto, apenas pesaba setenta libras, y no tenía nada en especial sino sus enormes ojos verdes.

Cuando Raúl le gritaba que fuera al pueblo para comprar comida, ella vacilaba, llorando. No, no iba al pueblo. Le pedía que llevara el viejo jarro de plata de su padre al joyero para cambiar. María no hacía más que llorar, escondiendo la cara.

Entonces Raúl iba al pueblo por la noche. Antes de empezar los mandados, pasaba por la cantina. Allí tomaba con los amigos, se ponía al día, y se enborrachaba al remate. Maldecía a María, su casa, su trabajo y a quien estuviera sentado en frente. ¡Así era su vida!

Un amanecer ardiente despertó al pueblo como siempre. Los caballos relincharon, la vacas bramaron, los gallos cantaron, pero algo faltaba. Ya para el mediodía la gente se había dado cuenta de qué era — el sonido del herrero golpeando su yunque. No había golpeo fuerte que rebotara por las montañas.

Los señores Ortiz, Herrera, Gutiérrez y Romero se pusieron de acuerdo para ir al taller del herrero y averiguar por qué Raúl no hacía ruido. El señor Herrera tocó en la puerta del taller. No hubo respuesta. Los señores caminaron desde el taller a la casa. Esta vez tocó el señor Ortiz. Los cuatro esperaban en silencio.

Se movió la cortina de la sala. Se oyeron pasos pesados en el piso de madera y luego se abrió la puerta. Apareció la cara de Raúl. Tenía las mejillas rojizas, los ojos muy abiertos, y le escurría la nariz —. ¡Ella dejó de respirar! ¡Dejó de respirar sin más! Intenté... Intenté, pero...¡dejó de respirar! —Raúl se cayó en rodillas ante los señores.

Los señores se miraron. Lentamente Raúl levantó la mano y señaló la recámara: —Está allí...no respira...ayúdenme!

Los cuatro señores se juntaron, dejando solo a Raúl a sollozar arrodillado. El señor Romero habló primero — . El señor Herrera se quedará aquí con usted mientras vamos por el médico.

El señor Herrera levantó a Raúl por las axilas—. Venga, vamos a tomar café.

Los tres señores volvieron de prisa al pueblo. Fueron inmediatamente al consultorio del doctor. Este convino en irse en cuanto terminara con el paciente a quien atendía. Los tres fueron a casa para informarles a las esposas. Las mujeres juntaron pan fresco, guisado caliente y bolsas de leche. Siguieron a los maridos a la casa de Raúl.

En la cocina de Raúl las esposas se ocuparon en cocinar, limpiar, poner mesas y arreglar sillas. Los cuatro hombres hablaron queditos en la

in the front hall. Raúl sat at the table hunched over his coffee, staring at the wall. Soon the doctor arrived. He was met by the four men.

Raúl straightened at the table when he heard the doctor's voice. The wives stopped and listened. Mr. Herrera was telling the doctor about Raúl. Mr. Ortíz entered the kitchen.

"Carla, the doctor wants you to go with him to the bedroom."

Carla Ortíz wiped her hands on her long apron. Moving around her husband with a fierce look, she hurried to the bedroom. The doctor was sitting on the bed next to María.

María's fingers clutched the sheets. Her eyes were wide, her cheeks bruised and bloody. Her mouth was open at an odd angle, and her lips were swollen. María's hair was strewn all over the pillows as if it had been pulled out in handfuls. Her throat was red and blue. Her thick flannel nightgown was ripped open to reveal finger bruises on her small, firm breasts.

The doctor opened his black leather bag. He pulled out a stethoscope and listened to her heart. "She's dead, very dead." The doctor reached down and pulled a long wooden stick from his bag. He swabbed the inside of María's gaping mouth. "Nothing, nothing at all."

Carla stood four feet from the doctor. Her hand was over her mouth, her tears fell to the floor. She could not move. The doctor stood up, threw the stick into the basket by the bed, and took Carla's arm. "Come, it is time to leave her in peace." Carla stood and stared. The doctor gathered up the sheet from around María's feet and slowly covered her.

"Raúl, we need to talk alone." The doctor's voice echoed through the quiet kitchen. Everyone stopped, looked at one another, and then fled the kitchen. The doctor sat down next to Raúl. Hot slices of bread, freshly brewed coffee, and steamy stew sat all around them on the table. Raúl did not move or speak but continued to stare at the wall.

The doctor picked up a piece of bread and took a bite. "Raúl, you must tell me what happened."

"She was coughing last night. I turned away to ignore her, for I need my sleep. I work hard all day." Raúl spoke more to the wall than to the doctor. "Some time during the night, I don't know when…she stopped breathing." He pushed his coffee cup away from him. "When I awoke this morning, she was not breathing! I tried to get her to breathe! I held her mouth open and blew into it!"

Raúl sobbed. "She wouldn't move! She was so cold. I called to her, I

entrada. Raúl estaba sentado en la mesa encorvado sobre el café, mirando la pared. Pronto llegó el doctor. Salieron los cuatro a su encuentro.

Raúl se incorporó en la mesa al oir la voz del doctor. Las mujeres se detuvieron para escuchar. El señor Herrera hablaba con él acerca de Raúl. El señor Ortiz entró en la cocina.

—Carla, el doctor quiere que lo acompañes a la recámara.

Carla Ortiz se secó las manos en el delantal largo. Pasando por el lado de su esposo con una mirada feroz, se apresuró a entrar en la recámara. El médico estaba sentado en la cama junto a María.

Los dedos de María agarraban la sábana. Sus ojos estaban muy abiertos, las mejillas sangrientas y magulladas. Tenía la boca abierta en una actitud extraña y los labios hinchados. El pelo de María estaba desparramado por las almohadas como si hubiera sido sacado a puñados. Tenía el cuello todo rojo y azul. El grueso camisón de franela que vestía se había abierto de un tirón, dejando ver huellas de dedos en sus pequeños senos.

El médico abrió su botiquín de cuero negro. Sacó un estetoscopio y escuchó su corazón: — Está muerta, bien muerta.—Metió la mano en el botiquín y sacó un palo largo de madera. Limpió el interior de la boca abierta de María —. Nada, nada en absoluto.

Carla estaba parada a cuatro pies del doctor. Con la mano se tapaba la boca. Le caían lágrimas. No pudo moverse. El médico se levantó, echó el palo en la canasta junto a la cama, y tomó el brazo de Carla—. Venga, vamos a dejarla en paz.—Carla se quedó mirando asombrada. El doctor quitó la sábana de los pies de María y lentamente la tapó.

—Raúl, tenemos que hablar a solas. —La voz del doctor resonó por la cocina silenciosa. Todos se detuvieron, se miraron y luego se huyeron de la cocina. El médico se sentó junto a Raúl. La mesa estaba cubierta de rebanadas de pan caliente, café recién preparado, y guisado humeante. Raúl no se movió ni habló sino que continuó con la mirada fijada en la pared.

El doctor tomó una rebanada de pan y la mordió. —Raúl, debes contarme lo que sucedió.

—A ella le daba tos anoche. Le di la espalda en la cama porque tengo que dormir. Trabajo duro todo el día. —Raúl parecía hablar más a la pared que al médico —. En algún momento de la noche, no sé a qué horas...dejó de respirar. —Apartó el café—. Cuando me desperté esta mañana, ino respiraba! ¡Traté de hacerle respirar! ¡Le abrí la boca y le soplé!

Raúl sollozó —. No se movía. Estaba muy fría. Le llamé, le pegué para

hit her to try to awaken her...but she wouldn't move. I pushed on her chest and tried to hear her heart, but she wouldn't breathe!" He turned to the doctor. His eyes were wild, round, filled with pain. "She just wouldn't breathe."

The doctor swallowed the bread, silently watching Raúl. He patted Raúl on the shoulder, picked up his bag, and walked through the neighbors to his carriage. He spoke only two words: "accidental death."

The women hovered over Carla as she cried. The men returned to the kitchen to pour themselves some hot coffee. The day filled with people coming and going, all wishing Raúl their best.

The sunrise came and went as usual. The mountains stood firmly, the pigs squealed, the horses neighed, the roosters crowed. The people gave up talking about Raúl and his drunken stupors. Many had forgotten María altogether.

Then on one warm spring day some strangers came to town. They were a sorry lot. They were dirty and ragged, smelled of manure, and used foul language. They shopped with good money at most stores. They drank their fill at the bar and then just before the setting of the sun, they went to Mr. Bustos' jewelry store.

The tallest one of these strangers pulled out a fine silver pitcher. It needed polishing, but it was in good condition. Mr. Bustos studied it, noticing the name on the bottom: "Raúl, Sr."

Mr. Bustos frowned, peering through his thick, greying eyebrows.

"Which one of you is named Raúl?"

The strangers shifted their feet. They glanced sideways at one another. Finally the two standing closest to the counter spoke up at the same time.

"I am."

Mr. Bustos grunted out his question. "What? Both of you are named Raúl?"

The two shuffled their feet, dug their grimy hands into their holey pockets, and nodded. "Sure, why not?"

Mr. Bustos chuckled to himself and gave them two silver dollars for the pitcher. The strangers grabbed the money and ran. No one saw them again after that day.

The following day, the bright dawn reached over the mountains. People were up, busy, and all the animals were making their noises. By noon, people were concerned. There had been no pounding from the blacksmith's shop. Again the four men walked to Raúl's shop. Again they knocked on the shop door and found no answer. They walked to the house to knock.

despertarla..pero no se movía. Le apreté el pecho y traté de escuchar el corazón, pero ¡no quiso respirar!— Volteó hacia el médico. Tenía los ojos muy abiertos, redondos, adoloridos —. No quiso respirar ¬ ¡y punto!

El doctor tragó el pan, mirando callado a Raúl. Le dio palmaditas en el hombro, recogió su botiquín, y fue abriendo paso por los vecinos hasta su carro. Dijo sólo dos palabras: —Muerte accidental.

Las mujeres rondaban a Carla que lloraba. Los hombres regresaron a la cocina para servirse café caliente. El día se llenó con la llegada y la salida de la gente, dándole el pésame a Raúl.

El amanecer venía y se iba como siempre. Las montañas se quedaban firmes, los cerdos chillaban, los caballos relinchaban, los gallos cantaban. La gente dejó de hablar de Raúl y sus borracheras. Muchos se habían olvidado por completo a María.

Un día caloroso de primavera llegaron unos forasteros al pueblo. Eran unos desgraciados. Estaban mugrientos y harapientos, apestaban a estiércol, y decían malabrotas. Tenían dinero con el cual fueron de compras a muchas tiendas. Tomaron mucho en la cantina y luego, justo antes de la puesta del sol, fueron a la joyería del señor Bustos.

El más alto de estos forasteros sacó un jarro fino de plata. Le hacía falta bruñido, pero estaba en buena condición. El señor Bustos lo examinó, fijándose en el nombre en el base: "Raúl, padre". El señor Bustos frunció el entrecejo, mirando por debajo de las pobladas cejas canosas.

—¿Cuál de ustedes se llama Raúl?

Los forasteros movieron los pies. Se miraron de reojo. Por fin los dos que estaban más cerca del mostrador hablaron al mismo momento: —Yo.

El señor Bustos les preguntó gruñendo: —¿Cómo? ¿Los dos se llaman Raúl?

Los dos dieron pataditas, metieron las manos mugrientas en los bolsillos desgarrados, y afirmaron con la cabeza: —Claro, ¿por qué no?

El señor Bustos se rio entre dientes y les dio dos dólares de plata por el jarro. Los forasteros agarraron el dinero y se fueron de prisa. Nadie los volvió a ver después de aquel día.

Al día siguiente el claro amanecer se extendió sobre las montañas. La gente estaba despierta y ocupada, y todos los animales hacían sus ruidos. Para el mediodía, la gente se preocupaba. No se había oído el golpeo desde el taller del herrero. Otra vez los cuatro señores caminaron al taller de Raúl. Otra vez tocaron en la puerta del taller y no hubo respuesta. Fueron a tocar en la casa.

The door of the house was wide open. There on the floor was blood. The men gasped. Mr. Ortíz stepped over the blood and walked through the house. There was no one. The men called out for Raúl. There was no answer.

Most of Raúl's special possessions were gone. Many of his clothes were missing and most all of his food. Mr. Ortíz stroked his chin. "Well, he has gone at last. He even took his father's treasure."

Mr. Herrera nodded in agreement. "Yes, he's gone. But what treasure did he take?"

Mr. Ortíz pointed to the glass kitchen cabinet. "His father's famous pitcher. It had something significant inscribed on the bottom of it. Raúl never let anyone touch that pitcher."

Mr. Herrera sighed. "We will no longer have to worry about his temper."

Mr. Gutiérrez spoke out, "But what will we do for a blacksmith?"

Mr. Herrera answered quickly. "We have Gabriela's son. He will be a good blacksmith." The men all nodded again, and returned to town.

Gabriela's son Oscar grew to be a big man. Eventually he moved into Raúl's house with his new wife, Carol. She cleaned up the blood in the front hall. They lived well and had five children. Life was good until exactly ten years passed and the winter sun set early.

Oscar was working one night when he heard a strange sound. He continued to work, thinking it was one of his children outside playing. Then he noticed the snow falling and knew none of his children would be outside. He walked to the shop window. Putting his hands up to block the inside light, he peered out. There walking to the dry well was a figure.

This figure was of a strong, tall man. He appeared to be limping and carrying something in his right hand. The object in his right hand was— maybe—someone's head. Oscar stood back. He shook his head and, covering the window with his hands, again studied the strange apparition.

The figure lifted its right hand over the old, dried-up well. An object fell from the overturned hand. Oscar listened. There was a loud splash. Oscar listened in disbelief. "The well is dry! Yet I heard a splash!"

La puerta de la casa estaba abierta de par en par. Había sangre en el piso. Los señores quedaron boquiabiertos. El señor Ortiz pasó por encima de la sangre y registró la casa. No habia nadie. Los señores llamaron a Raúl. No hubo respuesta.

La mayoría de las pertenencias especiales de Raúl no estaban. Faltaban mucha ropa y casi toda la comida. El señor Ortiz acarició la barbilla —. Pues, por fin se fue. Hasta llevó el tesoro de su padre.

El señor Herrera afirmó con la cabeza:—Sí, se fue. Pero ¿cuál es el tesoro que llevó?

El señor Ortiz señaló la vitrina en la cocina: —El famoso jarro de su padre. Tenía algo significante grabado en el fondo. Raúl nunca dejó que nadie lo tocara.

El señor Herrera suspiró. —Ya no tendremos que preocuparnos por su mal genio.

El señor Gutiérrez preguntó:—Pero, ¿quién será nuestro herrero?

El señor Herrera contestó sin vacilar—. Tenemos al hijo de Gabriela. Será un buen herrero. —Todos los señores afirmaron de nuevo con la cabeza y volvieron al pueblo.

Oscar, el hijo de Gabriela, resultó ser un hombre grande. Finalmente se mudó a la casa de Raúl con su esposa Carol. Ella limpió la sangre en la entrada. Vivieron bien y tuvieron cinco hijos. La vida era buena para ellos hasta que pasaron precisamente diez años y el sol del invierno se ponía temprano.

Oscar estaba trabajando una noche cuando oyó un sonido extraño. Siguió trabajando, pensando que habría sido uno de sus hijos que jugaba afuera. Entonces se dio cuenta de que estaba nevando y sabía que ninguno de los niños estaría afuera. Caminó a la ventana del taller. Levantando las manos para no ver la luz interior, miró hacia afuera. Ahí, caminando al pozo seco, había una figura.

Esta figura era de un hombre alto y fuerte. Parecía estar cojeando y cargando algo en la mano derecha. El objeto en la mano derecha era — posiblemente —una cabeza. Oscar dio paso atrás. Movió la cabeza y tapando con las manos el reflejo de la ventana, volvió a examinar la aparición extraña.

La figura levantó la mano derecha por encima del pozo seco. Un objeto cayó de la mano volteada. Oscar escuchó. Oyó el sonido de algo que cae ruidosamente al agua. No lo pudo creer—. El pozo está seco. Sin embargo oí que algo caía al agua.

The figure rose in the air, stood on the edge of the well, and jumped. Oscar tilted his head, hearing a second splash. "Another splash!"

Oscar put out the blacksmith fire. He hurriedly placed his tools in their rightful places and ran to the house. Carol was singing songs to the bedded-down children. After kissing his children good-night, Oscar sat patiently and waited.

In the kitchen Carol handed her husband some hot chocolate. Oscar stared at her. She turned to him. "Oscar, what is it? You're so quiet and you're back early. What is going on?"

"Carol, I saw something unbelievable. Let me tell you." He told his wife the whole story. She was not sure whether she should believe him or not, but the next day she went into town and spoke with Mr. Ortíz.

Mr. Ortíz was an old man by now. He was known for his old stories and healthy attitude. Mr. Ortíz told Mr. Herrera, who told Mr. Gutiérrez, who told Mr. Romero, who spoke with Mr. Bustos. Mr. Bustos shook his head.

The town had a meeting that night. Several families believed Oscar, several families felt he had taken to the bottle. But that night a young boy agreed to be lowered into Oscar's old dried-up well to search for something—no one knew what.

Five men held the rope, which was tied around the boy's waist. The boy held a kerosene lamp and a bucket. They lowered him slowly. He called up to them and they answered him.

After the fifth level of stones, he saw it. Lying on the floor of the old well was a human head. The boy screamed, gagging at the smell. The men called down for him to retrieve the head. The boy called up crying.

"It is a woman's head, all bashed in, and the eyes are gone and worms are crawling in and out of her mouth! I won't touch it!"

The boy was pulled up to leap off the old well. They tied the rope to elderly Mr. Ortíz. Slowly he was lowered into the well. He was quiet when he hit the bottom. When he jerked on the rope, the men lifted him to the surface.

Taking the bucket from his shaking arm, the men turned their heads away in disgust.

"There's more down there," Mr. Ortíz coughed. He jumped down from the wall and coughed again. "Down in the bottom lies Raúl. His clothes are gone, but the face, my God, his face is very much intact!"

La figura subió, se paró en el borde del pozo, y se lanzó para dentro. Oscar inclinó la cabeza, volviendo a escuchar el sonido de un objeto que caía al agua—. ¡Otra vez!

Oscar apagó la lumbre de la fragua. Se apresuró a guardar las herramientas en su lugar y se echó a correr a la casa. Carol cantaba a los niños ya acostados. Después de besar a sus hijos, Oscar se sentó y esperó con paciencia.

En la cocina Carol le ofreció a su marido una taza de chocolate. Oscar la miraba. Ella volvió hacia él: —Oscar, ¿qué tienes? Regresaste temprano y estás muy callado. ¿Qué está pasando?

—Carol, vi algo increíble. Déjame contarte. —Se lo contó a su mujer todo lo ocurrido. Ella no sabía si era cierto o no, pero al día siguiente fue al pueblo y habló con el señor Ortiz.

Para entonces el señor Ortiz era viejo. Tenía fama por sus cuentos y por su buen humor. El señor Ortiz habló con el señor Herrera, que habló con el señor Gutiérrez, que habló con el señor Romero, que habló con el señor Bustos. El señor Bustos movió la cabeza.

Esa noche el pueblo tuvo una reunión. Varias familias creían a Oscar, otras pensaban que se había dado a la bebida. Pero esa misma noche un niño quedó en ser bajado hasta el fondo del pozo seco para buscar algo — lo que fuera. Nadie sabía qué cosa.

Cinco hombres tenían la cuerda, que estaba atada por la cintura del niño. El niño llevaba una lámpara de queroseno y una cubeta. Lo bajaron lentamente. Les llamó y le contestaron.

Después del quinto nivel de piedras, la vio. Echada en el suelo del viejo pozo se hallaba una cabeza humana. El niño gritó, abatido por el hedor asqueroso. Los hombres le llamaron diciéndole que recogiera la cabeza. El niño les llamó llorando:—Es cabeza de mujer. Está toda destrozada, sin ojos, y los gusanos entran y salen por la boca. ¡No la voy a tocar!

Subieron al niño y se lanzó de la orilla del viejo pozo. Le ataron la cuerda al viejo señor Ortiz. Lentamente lo bajaron en el pozo. Se quedó callado al llegar al fondo. Cuando dio un tirón a la cuerda, los hombres lo levantaron de nuevo.

Quitándole la cubeta de su brazo temblante, los hombres volvieron la cabeza con asco.

—Hay más allí abajo—tosió el señor Ortiz. Se bajó de un salto de la barda del muro y volvió a toser —. Allí en el fondo del pozo Raúl está tendido. No tiene ropa, pero la cara —¡Dios mío! —¡la cara sigue muy intacta!

Carla Ortíz stepped up to the bucket. "This is the head of Raúl's wife, María, and what is this?"

Mr. Bustos shook his head. "I know that piece. It's a pitcher—I bought it from some strange men and later it disappeared from my store. Now I know where it came from!"

Mr. Gutiérrez spoke up. "But how did Raúl get the pitcher from your store?"

Mr. Bustos explained. "Three weeks ago, before the weather was cold, I left the back window in the store open. In the morning there was dirt all over the floor and the only item missing was this pitcher." He frowned. "I never understood how both of those strangers could have the same name."

In the stillness of the night Raúl was buried next to María. María's head was returned to her open grave.

The next morning, the orange sun rose over the graves outside of the town of Antigua. Antigua was once more an orderly place, and most of the people were happy.

Carla Ortiz se acercó a la cubeta—. Esta es la cabeza de María, la mujer de Raúl, y ¿qué es esto?

El señor Bustos explicó: —. Conozco esta pieza. Es un jarro que compré a unos hombres raros y que luego desapareció de la joyería. ¡Ahora sé de dónde vino!

El señor Gutiérrez habló: —Pero, ¿cómo sacó Raúl el jarro de tu joyería?

El señor Bustos movió la cabeza: — Hace tres semanas, antes del frío, dejé abierta la ventana trasera de la tienda. En la mañana había tierra por todo el piso y la única cosa que faltaba era este jarro. —El señor Bustos frunció el entrecejo —. ¡Nunca entendí cómo los dos forasteros pudieran llamarse igual!

En la noche silenciosa enterraron a Raúl junto a María. La cabeza de María la devolvieron a su tumba abierta.

La mañana siguiente, el sol anaranjado subió por encima de las tumbas en las afueras del pueblo de Antigua. Antigua era de nuevo un lugar ordenado, y la mayoría de la gente estaba feliz.

El alumbraluna

Moon Lighter

Moon Lighter

Do you ever wonder why the moon is brighter on one night than on another?
Augusto Martínez answered my question one night at a gas station in Cuba,
New Mexico. His dark glasses hid his eyes in the dark night. His droopy black
mustache moved with each word as his velvet voice echoed through the magic
stillness of Cuba. Look! You can see the moonlighter if you are very still and
observant.

"Two hundred and fifty, two hundred and fifty-one, two hundred and fifty-two, two hundred and fifty-three, two hundred and fifty-four, two hundred and fifty-five, two hundred and fifty-six, two hundred and fifty-seven..." The long wooden match lit one candle after another. The steady white hand glowed with the lighting of each candle. Then the voice was silent.

The moonlighter's sparkling green eyes studied the next candle. He leaned back, balancing on the tall ladder. His left hand held the ladder's side.

"Hummm, I wonder what would happen if I lit..."

"NO, YOU ARE TO LIGHT ONLY TWO HUNDRED AND FIFTY-SEVEN CANDLES!" a shrill woman's voice yelled up to him.

"But what if I lit one more? Just one more? It has been years and years since we lit two hundred and fifty-eight candles. I can't see what harm there would be in it." His long white hair flowed down to his white robe, which was tied at the waist with a rope. "I mean, it's not like anyone will notice down there." He nodded to the planet below them.

The woman clicked her tongue. "You and your ideas! Do you remember what happened the last time you got an idea?"

"Yes, we were moved." He smirked in his beard.

"Yes, and where did we move to?" The woman's sharp voice didn't hesitate in reminding him.

El alumbraluna

¿Acaso te has preguntado por qué la luna brilla más fuerte en algunas noches que en otras? Augusto Martínez me lo explicó una noche en una gasolinera en Cuba, Nuevo México. Usaba lentes oscuros que escondían sus ojos en la noche oscura. Sus largos y negros bigotes se movían al compás de cada palabra. Su voz suave resonaba por el silencio mágico de Cuba. ¡Mira! Puedes ver al alumbraluna si te pones quieto y observas bien.

—Dos cientas cincuenta, dos cientas cincuenta y una, dos cientas cincuenta y dos, dos cientas cincuenta y tres, dos cientas cincuenta y cuatro, dos cientas cincuenta y cinco, dos cientas cincuenta y seis, dos cientas cincuenta y siete...

El largo fósforo de madera encendía una vela tras otra. La mano blanca y firme se iluminaba con la luz de cada vela encendida. De pronto la voz se calló. Los verdes ojos chispeantes del alumbraluna contemplaron la siguiente vela. El hombre se inclinó hacia atrás en la alta escalera sin perder el equilibrio. Con la mano izquierda agarraba la escalera.

—A ver, ¿qué pasará si enciendo...?

—¡NO! ¡DEBES ENCENDER DOS CIENTAS CINCUENTA Y SIETE VELAS NOMAS! —La voz aguda de mujer le gritó desde abajo.

—Pero ¿si enciendo una más? ¿Sólo una más? Hace años que encendimos dos cientas cincuenta y ocho velas. No veo qué tendría de malo. —Su largo y blanco pelo bajaba hasta los hombros de su manto blanco, que estaba atado en la cintura con una cuerda—. No se van a fijar los de abajo. —Señaló con la cabeza el planeta debajo de ellos.

La mujer chasqueó la lengua—. ¡Vaya ocurrencia! ¿Recuerdas lo que pasó la última vez que se te ocurrió una idea?

—Sí, nos cambiaron de lugar. —Hizo un gesto travieso.

—Sí, y ¿adónde nos mudamos? —La voz aguda de la mujer no vaciló en recordárselo.

His green eyes sparkled. "Here, we moved here! We are the better for it." His long match flickered for a moment.

"Yes," answered the sharp-voiced woman. "And do you like it better here than there?"

The old man stared down, down, down his long, yellow ladder to the old, haggard woman with a beak nose. "Well, at least here all we have to do is light candles."

"YOU light candles!" She shook her head of snarled hair. "I have to make them! There is a difference, you know."

The man stared at candle two hundred and fifty-eight. It was unblemished.

"Yes, exactly my point. There are all these candles up here, never lit, never sparkling—just sitting here. While you, my love, are busy making new candles for those which are burned every night." His green eyes glittered. "Let's burn these untouched candles and you can rest...or we could play!"

The woman's voice cackled below him. "Do you remember what happened the last time we played?"

The man's cheeks grew red. "We had children, lots of children!"

The beaked-nose face stared up at him and softly asked, "Do you want to have more children?" In a more thoughtful voice she added, "We got the youngest one off to light his own candle only three years ago. Look! Look how brightly he shines below us. I almost miss him." Her voice saddened, but only for a moment.

"Well, children have helped me light all these candles in the past. We could have a frisky night of it...if you let me light all these candles." His voice was manly, deep, and romantic. His eyes studied candle two hundred and fifty-eight.

There was silence. A soft wind blew and four candles below him went out. "Oh, dear, candles to watch, candles to care for, never a moment of peace." The old man scooted down the ladder to relight the darkened candles.

The old woman frowned her toothless frown. "Exactly. When one has children, they have to be watched. They have to be cared for, and there is never a moment of peace." She dipped her wick string into the boiling yellow wax.

The old man was now down fourteen ladder rungs from candle two hundred and fifty-eight. He continued on down the ladder to rung number twelve. Two more candles had gone dark.

Los ojos verdes de él echaban chispas—. Aquí, nos mudamos aquí. Estamos mejor por ello. —El largo fósforo parpadeó por un momento.

—Sí, —contestó la mujer—. Y ¿te gusta más aquí?

La mirada del viejo bajó lentamente por la larga escalera amarilla hasta fijarse en la vieja flaca de nariz como pico de loro—. Pues aquí sólo tenemos que encender las velas.

—¡Tú eres el que enciende las velas! —Agitó la cabellera enmarañada—. Yo tengo que hacerlas! Hay gran diferencia, ¿sabes?

El viejo miró detenidamente la vela dos cientas cincuenta y ocho. Era sin defecto.

—Sí, es precisamente lo que quería decir. Hay todas estas velas aquí, todas sin encender nunca, sin centellear nunca — no sirven para nada. Mientras tú, mi vida, te ocupas en hacer velas nuevas por las que se gastan cada noche.

Le brillaban los ojos verdes—. Vamos a prender estas velas de sobra y tú puedes descansar...o podemos hacer fiestas.

Cacareó la voz de mujer desde abajo—. ¿Recuerdas lo que pasó la última vez que hicimos fiestas?

El viejo se enrojeció—. ¡Tuvimos hijos, muchos hijos!

La cara con nariz de pico lo miró desde abajo y le preguntó en voz baja:—¿Quieres tener más hijos? —Y añadió, más pensativa:— Ya van solamente tres años desde que mandamos al menor a encender su propia vela. ¡ Mira! Mira cómo brilla tan fuerte allá abajo. Casi lo echo de menos. —Su voz entristeció, pero sólo por un momento.

—Pues, los hijos me ayudaron a encender todas estas velas en el pasado. Podríamos pasarla bien esta noche...si me dejaras encender todas estas velas. —Su voz se volvió varonil, baja y romántica. Sus ojos contemplaron la vela dos cientas cincuenta y ocho.

Todo era silencio. Soplaba un leve viento y se apagaron cuatro velas allí abajo.

—¡Ay! velas a vigilar, velas a cuidar, nunca un momento de paz.

El viejo bajó la escalera de prisa para encender de nuevo las velas apagadas.

La vieja frunció el ceño—. Exactamente. Cuando se tiene hijos, hay que vigilarlos. Hay que cuidarlos, y no hay nunca un momento de paz. — Hundió una mecha en la hirviente cera amarilla.

El viejo ya había bajado catorce peldaños desde estar junto a la vela dos cientas cincuenta y ocho. Siguió bajando la escalera hasta llegar al peldaño número doce. Dos velas más se habían apagado.

"Perhaps it is a good thing I didn't light candle two hundred and fifty-eight." The only response from below was the dipping and boiling of candle wax.

—Tal vez sí sea mejor que no encendí la vela dos cientas cincuenta y ocho.

Desde abajo no hubo más respuesta que la metida de mechas y el hervor de cera.

El don de la sabiduría

Words of Wisdom

Words of Wisdom

In a dark store in Madrid, New Mexico, is a fine storekeeper. His wife makes the best tamales in the whole world. He has survived diabetes, heart bypass surgery, new gasoline taxes, and the development of the bed and breakfast down the road. One rainy afternoon when the roads were gullies of running rivers, he told me this story. He is a treasure to listen to; however, don't ask him his age. He will tell you and you won't believe it.

The sun was hot one afternoon high up in the hills of San Antonio. A ten-year-old boy pushed the young ewes toward the larger herd. This was his last day to herd the sheep, and he was anxious to go back into town. He cast his eyes to the east. The land was clear. He turned to study the sun. Black smoke was lifting from the west. The boy whistled for the sheepdogs sleeping under the brush by the side of the open field. They lifted their heads.

"Come on, come on, boys! There is a fire in the forest!"

The dogs raced to his side, tails wagging, tongues hanging down. "You stay here and watch the sheep. I am counting on you not to lose a single one. I must go and see if anyone needs help."

He swung his right arm around, pointing to the herd. The dogs loped around the quiet sheep. On each side of the field, one dog plopped down on the ground to keep watch.

The boy ran to the forest land west of the sheep. There was a small forest fire burning, eating up what little foliage was there. Rabbits, squirrels, and badgers scurried into the open field.

"Help me! Help me!" a tiny voice cried out from above the boy. He put his hand over his eyes to keep out the bright sun and there, hanging from a branch, was a small red snake. The snake was swinging back and forth, wanting to drop, but fearful of death.

The boy stood under the tree branch. "Go ahead, fall. I will catch you. Let go! I will catch you! Hurry, the fire is coming!"

El don de la sabiduría

En una tienda oscura en Madrid, Nuevo México, hay un buen tendero. Su mujer hace los mejores tamales del mundo. El tendero ha sobrevivido la diabetes, una operación del corazón, nuevos impuestos para la gasolina, y la construcción del hotelito camino abajo. Una tarde de lluvia, cuando los caminos se habían convertido en ríos , me contó esta historia. Es un verdadero placer escucharlo; es un tesoro; pero no le preguntes cuántos años tiene. Te lo dirá y no lo creerás.

En las alturas de San Antonio el sol brillaba fuerte una tarde. Un muchacho de diez años empujaba las borreguitas hacia el rebaño. Éste era su último día para cuidar los borregos, y ansiaba volver al pueblo. Miró hacia el este. La tierra estaba despejada. Volteó para mirar el sol. Humo negro se subía por el oeste. El joven silbó a los perros pastores que estaban durmiendo bajo el matorral a la orilla del campo abierto:— ¡Vengan! Ándenle, muchachos. ¡Hay incendio en el bosque!

Los perros corrieron a su lado, moviéndose la cola y con la lengua sacada de la boca—. Quédense aquí y cuiden los borregos. Cuento con ustedes para no perder ni uno. Tengo que ir a ver si necesitan ayuda.

Movió el brazo derecho para señalar el rebaño. Los perros rodearon los borregos tranquilos con paso largo. A cada lado del campo, un perro se acostó para vigilarlos.

El niño corrió al bosque que estaba al oeste de los borregos. Un pequeño incendio ardía, consumiendo el poco follaje que había. Los conejos, las ardillas y los tejones se huyeron corriendo al campo abierto.

—¡Socorro! ¡Auxilio! — gritó una vocecita desde arriba del muchacho. Con la mano, el niño tapó los ojos para protegerse del brillo del sol y allí colgada de una rama vio una culebrita roja. La culebrita se mecía para adelante y para atrás, queriendo dejarse caer, pero temiendo morirse.

El niño se quedó parado bajo la rama del árbol—. Vamos, déjate caer, yo te atrapo. ¡Suéltate! ¡Te voy a atrapar! ¡Rápido, que ya viene la lumbre!

The snake uncoiled from the branch and fell freely through the air, landing in the young boy's hands. The boy hugged the little red snake to his chest as he backed away from the snapping fire.

The snake and the boy watched the tree be eaten alive by the orange red flames. "Whew, you saved my life! Thank you!" The snake spoke softly in the boy's hands.

The boy held the snake away from his chest. "You can speak! I never heard an animal talk!" He was eager to put the snake down.

"No, don't drop me! You just saved my life! Please, would you take me back to my home?" He coiled around the boy's wrist. "Please take me home. My mother will be worried. She will reward you for saving my life. Please take me home!"

The pleading of the little snake saddened the boy. "Sure, I will take you home. Just don't bite me."

The snake relaxed his coil around the boy's wrist. "Of course I would not bite you, you saved my life."

He directed the boy to his home, a sloping hill not far from the forest fire, with huge, gaping snake holes. He told the boy to stop at the top of the hill. "What is your name?" he asked.

"My name is Miguel Contreras. What is your name?"

"I am called Little Red Snake. Listen carefully. We will go down one of these holes and see my mother. She is very magical and has great powers. You must be polite to her and whatever she offers you in the way of money, jewels, or gifts you must refuse. Ask only for wisdom or she will trick you. Remember this, for it will save your life as you saved mine." The little snake slithered down the largest of the holes.

Miguel stood staring at the hole. He could fit into it, but he might get bitten by unfriendly snakes. He was unsure of his entrance into a world he did not understand. The little red snake slid out into the sunlight. "Come on! It is safe, come on! Follow me!"

Miguel shrugged. He crawled into the hole following Little Red Snake on his hands and knees. The hole went down, down, down, into the dark earth. It was very dark, but the sound of Little Red Snake's voice helped him find his way. Then as he was just getting used to the dark, the tunnel gave way. He dropped down four feet, landing on his knees in a crouched position.

There in front of him was a huge red snake coiled around a gigantic pile of gold coins, jewels, silver, saddles, and items of great beauty. The little red snake slithered over to her.

La culebrita se soltó de la rama y se dejó caer libre por el aire para llegar a las manos del joven. Éste aferró la culebrita al pecho y retrocedió del fuego chasqueante.

La culebrita y el muchacho miraron cómo el árbol se consumió vivo por las llamas rojas—. ¡Oof, me salvaste la vida! ¡Gracias! —La culebra habló quedito desde las manos del niño.

El niño apartó la culebrita de su pecho: —¡Sabes hablar! ¡Nunca he oído hablar a un animal! —Tenía ganas de bajarla.

—¡No, no me dejes caer! Acabas de salvarme la vida. ¿Me haces el favor de llevarme a casa? —Se enrolló por la muñeca del niño. —Por favor, ¡llévame a casa! Mi madre se va a preocupar. Te recompensará por salvarme la vida. Por favor, ¡llévame a casa!

Las súplicas de la culebrita le dieron lástima al niño—. Claro que te llevaré a casa. Con tal que no me piques.

La culebrita se aflojó un poco su rollo en la muñeca del niño—. ¡Claro que no te voy a picar, me salvaste la vida!

Guió al niño a su casa que se encontraba no muy lejos del incendio en una colina pendiente con enormes agujeros abiertos para las culebras. Le dijo al niño que se detuviera en la cima de la colina—. ¿Cómo te llamas? — le preguntó.

—Me llamo Miguel Contreras. ¿Cómo te llamas tú?

—Me llamo Culebrita Roja. Escucha bien. Vamos a bajar por uno de estos túneles para ver a mi mamá. Es muy mágica y tiene grandes poderes. Debes ser cortés con ella y todo lo que te ofrezca, ya sea dinero, joyas o regalos, debes rechazar. Pídele sólo la sabiduría — o te hará trampa. Recuerda esto porque te salvará la vida como me la salvaste la mía. —La culebrita se deslizó por el agujero más grande.

Miguel se quedó mirando el agujero. Sí cabía, pero lo podrían picar las culebras bravas. Temía entrar en un mundo que no comprendía. La culebrita roja salió arrastrándose al sol:— ¡Vamos! No hay nada que temer, ¡ven! ¡Sígueme!

Miguel se encogió de hombros. Entró a gatas en el túnel siguiendo a Culebrita Roja. El túnel iba bajando, bajando, bajando en la tierra oscura. Era oscurísimo, pero siguió la voz de Culebrita Roja. Empezaba a acostumbrarse a la oscuridad cuando el túnel desapareció. Cayó cuatro pies para abajo y aterrizó arrodillado y agachado.

Allí adelante de él estaba una enorme culebra roja enrollada a un inmenso montón de monedas de oro, joyas, plata, sillas de montar y cosas preciosas. La culebrita roja se le acercó a ella.

"Mother, this young man named Miguel saved my life. I was climbing a tree when a forest fire tried to eat me. He heard my cries for help and saved me from certain death. I have asked him here to meet you." Little Red Snake slid into a silver spoon and coiled up to sleep.

The huge snake opened her mouth. A smell of undefinable horror filled the cavern. Miguel wanted to turn his head or cover his mouth, but he politely ignored the stench.

"YOU ARE A VERY BRAVE YOUNG MAN." Her voice belted out at him, shaking dirt loose from above his head.

Miguel did not flinch. He looked down at his feet and quietly answered, "Thank you."

"WHAT WOULD YOU LIKE AS A REWARD FOR SAVING MY LITTLE RED SNAKE?" The huge snake slithered closer to Miguel. His instinct was to run, but there was nowhere to run to. He had fallen into this cavern and there were no other tunnels leading out of it. He continued to stare at his own feet.

"I would like wisdom." Miguel's voice was a whisper.

"NO! I WILL GIVE YOU JEWELS. LOOK AT ALL MY WEALTH. YOU PICK OUT THE JEWELS YOU WOULD LIKE—THEN GO!" the mother snake hissed at him with her horrible breath.

"Thank you for the offer, but I really would prefer wisdom." Miguel almost bowed to her.

"NO! I WILL GIVE YOU MONEY—ALL THE GOLD AND SIL-VER YOU COULD EVER WANT. TAKE THESE GOLD COINS AND THE SILVER SADDLE!" She came closer. He could have reached out his hand and touched her opaque eye.

"Thank you very much. I really would prefer wisdom." Miguel was sure he would faint soon from the smell.

"WISDOM! YOU WANT WISDOM? BUT YOU ARE TOO YOUNG TO KNOW WHAT TO DO WITH WISDOM!" She slid her huge face up to his. Her mouth could swallow him whole without a thought. He continued to stare at his feet.

"I shall use the wisdom you give me with great humility and honor. You would be most kind to give me wisdom." Miguel knew he could not stay conscious long, for his head was dizzy and the air hurt his chest.

"FINE! FINE! IF IT IS WISDOM YOU DESIRE, I SHALL GIVE YOU WISDOM. YOU MUST NEVER TELL A SOUL OF THIS WIS-DOM OR YOU WILL DIE. YOUR DEATH WILL NOT BE BY MY

—Mamá, este joven, Miguel, me salvó la vida. Yo subía un árbol cuando un incendio del bosque trató de comerme. Oyó mis gritos de alarma y me salvó de una muerte segura. Lo invité aquí para conocerla. —Culebrita Roja se deslizó a una cuchara de plata y se enroscó a dormir.

La gigantesca culebra abrió la boca. Un hedor horrendo llenó la caverna. Miguel quería voltear la cabeza o taparse la boca, pero por cortesía no hizo caso al peste.

—TÚ ERES UN JOVEN MUY VALIANTE —sonó fuerte la voz de la culebra, haciendo caer la tierra desde arriba.

Miguel no reaccionó. Bajó la mirada a los pies y contestó quedito:— Gracias.

—¿QUÉ QUIERES DE RECOMPENSA POR SALVAR A MI CULEBRITA ROJA? —La culebra grande se le acercó. Miguel tenía ganas de correr, pero no sabía adónde. Se había caído en esta caverna y no había otros túneles que salieran de allí. Siguió mirando los pies.

—Quiero la sabiduría —Miguel susurró.

—¡NO! ¡TE REGALARÉ JOYAS! MIRA MI RIQUEZA. ESCOGE LAS JOYAS QUE QUISIERAS, Y ¡VETE! —la culebra madre le silbó con su aliento horrible.

—Gracias por ofrecérmelo, pero a decir verdad, preferiría la sabiduría. — Miguel casi le hizo una reverencia.

—¡NO! TE REGALARÉ DINERO — TODO EL ORO Y LA PLATA QUE QUISIERAS PARA SIEMPRE. ¡LLÉVATE ESTAS MONEDAS DE ORO Y LA SILLA DE PLATA! —Se le acercó más. Miguel podría haber alargado la mano para tocarle el ojo opaco de ella.

—Muchas gracias. Realmente prefiero la sabiduría. —Estaba seguro de que muy pronto iba a desmayar del hedor.

—¡LA SABIDURÍA! ¿QUIERES LA SABIDURÍA? PERO ERES DEMASIADO JOVEN COMO PARA SABER QUÉ HACER CON LA SABIDURÍA. —Deslizó la enorme cara a la de Miguel. Su boca lo podría tragar entero sin pensarlo dos veces. Miguel siguió mirándose los pies.

—Usaré la sabiduría que me da usted con gran humildad y honor. Usted sería muy amable en darme la sabiduría. —Miguel sabía que no podría mantenerse consciente por mucho tiempo más, puesto que estaba mareado y el aire le dolía el pecho.

—¡BIEN! ¡BIEN! SI DESEAS LA SABIDURÍA, PUES TE LA DARÉ. PERO NO DEBES NUNCA HABLARLE A NADIE DE ESTA SABIDURÍA O MORIRÁS. TU MUERTE NO SERÁ POR MI MAGIA

MAGIC, BUT BY YOUR OWN DOING. DO YOU UNDERSTAND?"
The snake's breath was causing sweat to pour from Miguel's forehead.

"Yes, thank you, I understand. You are most kind." He wanted to wipe his forehead, but he knew he should not move.

"GO! YOU HAVE RECEIVED YOUR WISDOM!"

Miguel blinked and looked up to say good-bye, but he was already outside standing on the snake hill. He turned and raced for the sheep herd, running until he thought his legs would drop. As he neared the sheep, he heard a voice.

"Well, look who's back! He left us here most of the afternoon while he played, and now he is hurrying back."

"Yes, as if we don't know what we're doing."

Miguel stopped and stared. The sheepdogs were talking about him! He could understand them! He walked around the dogs and counted the sheep.

"Will you look at that? He is counting his stupid sheep to see if we let one get away. What nerve, he's doing it right in front of us." The long-haired, white sheepdog ambled to the shadow of a bush.

The black sheepdog followed the white one. "Well, he doesn't know about the chest of gold under this bush. What a stupid boy he is!"

The brown sheepdog with a white star on his forehead followed the other dogs to the shade. "No one knows about this chest of gold. Our old master buried it here and never told anyone. Besides, what would a young boy do with a chest of gold?"

The fourth dog, who was white with black spots on his rump, laughed as he sat down to enjoy the shade. "A boy! I bet he knows more than most men. He has been living with animals all his life." The dogs continued in their chatter as Miguel sat across from them. He would remember this bush.

That night as the sun began to set, there was a cacophony over Miguel's head. Hundreds of voices began speaking as a flock of sparrows landed in the trees. Miguel lifted his hands to his ears. The sound was overwhelming. He tried to sleep, but the stories of the crickets wouldn't give him a moment of peace.

Early the next morning as Miguel herded the sheep to the south side of the open field, he noticed one of the dogs sniffing the air. The dog barked out to the others. "Someone is coming! It must be a sheepherder, for he smells of lanolin. This one will smell worse than the one we already have."

SINO POR CUENTA TUYA. ¿COMPRENDES BIEN? —El aliento de la culebra hacía salir a chorros el sudor de la frente de Miguel.

—Si, gracias, entiendo. Es usted muy amable. —Tenía ganas de enjugarse la frente pero sabía que no debería moverse.

—¡VETE! ¡YA RECIBISTE TU SABIDURÍA!

Miguel parpadeó y levantó la mirada para despedirse, per ya se encontró de pie afuera en la colina de las culebras. Se volvió y se echó a correr al rebaño, corriendo hasta que sentía que las piernas se le iban a caer. Al acercarse a los borregos, oyó una voz:

—Pues ¡mira nomás quién ha regresado! Nos dejó aquí la gran parte de la tarde mientras jugaba, y ahora vuelve de prisa.

—Pues sí, como si no supiéramos qué hacer.

Miguel se detuvo y miró atónito. ¡Los perros pastores estaban hablando de él! ¡Los entendía! Miguel pasó al lado de los perros y contó los borregos.

—¡Mira nomás! Está contando sus borregos tontos para ver si dejamos escapar uno. ¡Qué descaro, lo hace delante de nosotros! —El perro pastor de largo pelo blanco caminó sin prisa a la sombra de un arbusto.

El perro negro siguió al blanco—. Pues, no sabe del cofre de oro que se encuentra debajo de este arbusto. ¡Qué niño más tonto!

El perro café oscuro con una estrella blanca en la frente siguió los otros perros a la sombra—. Nadie sabe de este cofre de oro. Nuestro viejo dueño lo enterró aquí y nunca se lo contó a nadie. Además, ¿qué haría un niño con un cofre de oro?

El cuarto perro, que era blanco con manchas negras en el trasero, se rio al sentarse a disfrutar la sombra:— ¿Un niño? Apuesto a que sepa más que muchos hombres. Ha pasado toda la vida con los animales. —Los perros siguieron charlando mientras Miguel estaba sentado en frente de ellos. Se acordaría de este arbusto.

Esta noche, al empezar a ponerse el sol, había una cacofonía arriba de la cabeza de Miguel. Cientas de voces empezaron a hablar cuando una mañada de gorriones se posaron en los árboles. Miguel subió las manos a las orejas. El escándalo era abrumador. Intentó dormir, pero las historias de los grillos no le dieron ni un momentito de paz.

A la otra mañana muy temprano, al llevar los borregos al lado sur del campo abierto, Miguel notó husmear el aire a uno de los perros. Este perro ladró a los otros:— ¡Alguien viene! Será un pastor, porque huele a lanolina. Éste apestará más que el que ya tenemos.

The other dogs sniffed the air. They barked to each other, talking of the other sheepherder's age and the food he was carrying. Miguel tried hard not to let on he understood the animals, but at times he almost spoke back to them. He would catch himself just in time, remembering the words of the mother snake.

Miguel grew into a man. He learned how to ignore the animals. He learned not to show expression at animals' humor or points of view. He grew strong and humble, and he continued very poor. Miguel learned to ride, using his uncle's stallion, Lightning, who was strong, quiet, and humble too. The two of them won many county horse races, which made Miguel's uncle proud. He always took the prize money, giving Miguel only a token gift for racing his horse.

Miguel's uncle grew old and soon was unable to walk to the barn. Miguel continued to run his uncle's farm and care for the animals in the barnyard. Lightning continued to bring great honor to Miguel at the county races.

One late October night, Miguel's uncle called him into his study. A fire burned brightly in the stone fireplace. His uncle appeared small, slight, old beyond his years as he sat in his green leather chair behind his huge mahogany desk.

"Miguel, you are now twenty-three years of age and it is time for you to face the facts of life." His uncle sighed, letting his tired chest disappear into his vest.

"The bank has informed me that they are taking over the farm, unless...unless...I can come up with the final payment." He stared over Miguel's shoulder into the fire. "The final payment is more than I have. So they will be taking over the farm the first of the year. We must find another place to live."

Miguel watched his uncle's defeated face. "There is one more item we need to discuss. I will have to sell Lightning. We cannot afford to keep him." Miguel gasped, staring at him in disbelief. His uncle continued, "Lightning will bring a good price and keep us in food until the first of the year." Suddenly, Miguel's uncle grasped the edge of the desk. His knuckles were white, his breathing uneven, his eyes wide. Miguel jumped up and ran to his side. His uncle fell forward onto the desk, dead.

Miguel paced all night in the study, leaving his dead uncle slumped over the desk. The cats licked themselves in front of the fire.

Los otros perros husmearon el aire. Ladraron entre sí, hablando de la edad del otro pastor y de la comida que traía. Miguel trató de no mostrar que entendía los animales, pero a veces por poco les contesta. Se contenía justo a tiempo, recordando las palabras de la madre culebra.

Miguel se hizo hombre. Aprendió a no hacerles caso a los animales. Aprendió a no reaccionar al humor o a los puntos de vista de los animales. Llegó a ser fuerte y humilde, y siguió siendo muy pobre. Aprendió a cabalgar montando a Relámpago, el caballo de su tío. Relámpago también era fuerte, callado, y humilde. Los dos ganaron muchas carreras del condado, lo que daba orgullo al tío. Éste siempre llevaba el dinero de premio, apremiándole a Miguel sólo un poquito por hacer correr su caballo.

El tío envejeció y pronto no podía caminar hasta el establo. Miguel siguió manejando la granja de su tío y cuidando los animales en el corral. Relámpago siguió trayendo gran honor a Miguel en las carreras del condado.

En las altas horas de una noche de octubre, el tío de Miguel lo hizo venir a su despacho. Una lumbre centelleaba en la chimenea de piedra. Sentado en su verde sillón de cuero detrás de su gran escritorio de caoba, el tío parecía ser pequeño, flaco, más viejo que lo debido por su edad.

—Miguel, ya tienes veintitrés años de edad y es hora para enfrentarte con las realidades de la vida. —Su tío suspiró, dejando que se perdiera su pecho cansado en su chaleco.

—El banco me avisa que van a apoderarse de la granja, a menos que...a menos que...entregue yo el pago final. —Miró fijamente la lumbre por encima del hombro de Miguel—. No tengo suficiente para el pago final. Así que van a quitarnos la granja para los principios del año. Debemos encontrar otro lugar para vivir.

Miguel miró la cara vencida de su tío—. Hay un asunto más de que tenemos que hablar. Tendré que vender a Relámpago. No tenemos dinero suficiente para guardarlo. —Miguel se quedó boquiabierto, mirándolo sin creer. Su tío siguió:—Relámpago se venderá por un buen precio y así tendremos qué comer hasta los principios del año.

De repente, el tío agarró el borde del escritorio. Tenía los nudillos blancos, la respiración jadeante, los ojos abiertos. Miguel se puso en pie de un salto y corrió a su lado. El tío se cayó para adelante sobre el escritorio, muerto.

Miguel pasó toda la noche dando vueltas en el despacho, dejando a su difunto tío desplomado en el escritorio. Los gatos se lamían en frente de la chimenea.

"Miguel is in trouble now."

"Unless he can come up with a hefty sum, he is out in the cold."

"Don't talk like that! If Miguel is out in the cold, so are we." The cats continued their chatter, until Miguel started to listen to them.

He ran to the front hall closet and put on his long, heavy wool coat. Then he ran out to the barn, gathered up two shovels and a burlap bag, saddled up Lightning, who was not in good humor about this, and galloped out to the sheep's grazing field above the farm.

The half moon gave Miguel enough light to find the bush the dogs had spoken about so many years before. He dug in the frozen soil with the strength of ten men. He dug and dug while Lightning stood nearby making comments. "This Miguel is crazier than his uncle! What is he doing digging in the freezing night with hardly a moon to give him light?"

Miguel lost his temper. He turned and faced Lightning. "There is a treasure here and if you would be quiet I could get to it! Do you mind being quiet?" Lightning stopped his whinnying.

Miguel dug late into the night, first in circles, finally in the center, right under the bush. The bush up-ended easily enough and there his shovel hit something hard. Lightning whinnied in the night. "You found it! Miguel, you have found the treasure!"

Before digging further, Miguel patted the horse. "Lightning, let us hope for this treasure. Otherwise I shall have to sell you, and I would rather sell my right arm than lose you." Lightning nodded in agreement.

Miguel dug quickly. He found the edge of the chest. Lightning helped by stamping the dirt loose with his hoof. Before the moon hit the far horizon, the two of them had the chest on the ground.

Miguel knelt in front of it while Lightning looked over his shoulder. He lifted the worn, dirty latch to find the chest filled with gold coins. "Oh, Lightning, look!"

Lightning whinnied out, "We will stay together, my friend. We will stay together!"

Miguel took down the rope from his saddle and with all of his strength, put the chest in the burlap bag. He tied the chest to Lightning's back. The horse did not complain. Miguel and Lightning loped back to the farm.

Miguel dragged the chest into his uncle's study. Surrounded by the cats, he sat on the floor, counting the gold coins. In the morning, Miguel went first to the funeral parlor and paid for his uncle's funeral. Then he

—Miguel está en un lío ahora.

—A menos que encuentre gran cantidad de dinero, se hallará a la intemperie.

—No hables así. Si Miguel no tiene casa, tampoco nosotros tendremos. —Los gatos siguieron platicando hasta que Miguel empezó a escucharlos.

Miguel corrió al ropero del corredor y se puso su largo abrigo de lana gruesa. Corrió al establo, recogió dos palas y un costal, ensilló a Relámpago (que no estaba de buen humor con esto), y galopó al pasto de los borregos allá arriba de la granja.

La media luna le daba luz suficiente para encontrar el arbusto del cual los perros habían hablado hacía tantos años. Cavó en el suelo congelado con la fuerza de diez hombres. Cavó y cavó mientras Relámpago hacía comentarios de cerca:— Este Miguel está más loco que su tío. ¿Por qué está cavando en esta noche helada casi sin luna para alumbrarlo?

Miguel se enojó. Volteó y enfrentó a Relámpago:— Hay un tesoro aquí y si te callas puedo encontrarlo. ¿Quieres callarte por favor?— Relámpago dejó de relinchar.

Miguel cavó hasta las altas horas de la noche, primero haciendo círculos, al fin en el centro, justo debajo del arbusto. El arbusto se desarraigó con facilidad y allí su palo dio con algo muy duro. Relámpago relinchó en la noche:— ¡Lo encontraste! Miguel, ¡encontraste el tesoro!

Antes de cavar más, Miguel dio palmaditas al caballo—. Relámpago, esperemos que sea el tesoro. Si no, tendré que venderte y preferiría vender mi brazo derecho a perderte a ti. —Relámpago afirmó con la cabeza. Miguel cavó muy de prisa. Encontró el borde del cofre. Relámpago ayudó a quitar el suelo con la pata. Antes de que llegara la luna al horizonte lejano, los dos tenían el cofre en el suelo.

Miguel se arrodilló ante el cofre con Relámpago mirando por encima de su hombro.

Levantó la sucia cerradura gastada para descubrir que el cofre estaba lleno de monedas de oro—. ¡Mira, Relámpago!

Relámpago relinchó:— Vamos a seguir juntos, mi amigo. ¡Vamos a seguir juntos!

Miguel bajó la reata de su silla de montar y con toda su fuerza metió el cofre en el costal. Amarró el cofre al lomo de Relámpago. El caballo no se quejó. Miguel y Relámpago volvieron de prisa a la granja.

Miguel arrastró el cofre al despacho de su tío. Rodeado de gatos, se sentó en el piso para contar las monedas de oro. A la mañana, fue primero a la funeraria y pagó el entierro de su tío. Luego fue al banco y redimió la

went to the bank and paid off the farm. The banker was not pleased to lose it, but he was most happy to put a large quantity of gold in his bank. Miguel told him his uncle had given him the chest before he died.

Miguel ran the farm, raced Lightning, and lived well. He was popular with the women at dances and soon found the woman he wished to spend his life with. They were married and all was good.

One day as they rode along, his young wife began to complain. "Miguel, do not ride so fast! I am with child and cannot keep up with you and your stallion!" She groaned as her mare slowed to a trot.

Lightning whinnied out to Miguel, "She should not complain! My mare is with foal and she does not complain!" Miguel burst out laughing. He laughed so hard, he almost fell off Lightning. The wife pulled her mare to a halt.

"Miguel, what is so funny? Why are you laughing at my being pregnant? You are most rude!" She turned the mare around and headed back to the farm. "I will not speak to you again, until you tell me what was funny about my carrying your child!"

She pushed the pregnant mare with urgency, then pulled back when she began to bounce. The mare was disgusted with her. Lightning and Miguel watched the mare and the young wife disappear towards the farm. Lightning whinnied, "Now you have done it! She is angry and if you do not tell her, she will leave you. And if you do tell her, it could cost you your life."

Miguel said nothing. Lightning walked him back to the farm. The horse was concerned, for he had kept his master's secret. He was saddened at the prospect of losing his good friend.

Miguel entered the house. His wife slammed the kitchen door in his face. They ate in silence. She put blankets on the wooden bench for him to sleep on. Miguel studied her in her silence.

In the morning, he rose from the bench. He had been unable to sleep. He quietly fixed breakfast in the kitchen and took the long wooden tray up to his wife, who was just rising. "Wife, when you get dressed today, I think you should put on my pants."

His wife sat down on the bed. "What? Why would I put on your pants?"

Miguel placed the tray of food on the bureau. "If you are going to make demands of me, scold me like a child, and look down on me—then you wear the pants of the family." He stared at her as he bent over to remove his riding pants.

granja. El banquero no estaba muy contento pero se puso feliz al depositar una gran cantidad de oro en su banco. Miguel le dijo que su tío le había dado el cofre antes de morir.

Miguel manejó la granja, hizo correr a Relámpago, y la pasó muy bien. Era popular con las mujeres en los bailes y pronto encontró a la mujer con quien quería pasar la vida. Se casaron y todo andaba bien.

Un día mientras montaban a caballo, la joven esposa empezó a quejarse:—Miguel, no vayas tan rápido. Estoy encinta y no puedo andar tan rápido como tú. —Gimiendo, refrenó a su yegua a un trote.

Relámpago le relinchó a Miguel:— No tiene por qué quejarse. Mi yegua está encinta y ella no se queja! —Miguel se echó a reír. Rio tanto que por poco se cae de Relámpago. La joven esposa detuvo a su yegua.

—Miguel, ¿cuál es la broma? ¿Por qué te burlas de mi embarazo? ¡Eres muy grosero! —Hizo volver la yegua y se dirigió a la granja—. ¡No voy a hablar contigo hasta que me digas por qué encuentras tan gracioso el hecho de que estoy embarazada con tu hijo!

Apresuró a la yegua encinta para después refrenarla cuando empezó a dar saltitos en la silla. Esto disgustaba a la yegua. Relámpago y Miguel las miraron desaparecer hacia la granja. Relámpago relinchó:— Ahora sí te has metido en un lío. Está enojada y si no se lo explicas, te dejará. Y en caso de que sí se lo explicas, podría costarte la vida.

Miguel no dijo nada. Relámpago lo llevó a la granja. El caballo se preocupaba, porque había guardado el secreto de su amo. Le entristeció la posibilidad de perder a su buen amigo.

Miguel entró en la casa. Su esposa le cerró la puerta de la cocina en sus narices. Cenaron sin decir palabra. Ella arregló unas cobijas en el banco para que él durmiera allí. Miguel contempló a su mujer silenciosa.

A la mañana, se levantó del banco. No había podido conciliar el sueño. En la cocina, preparó en silencio el desayuno y llevó la larga bandeja de madera a su esposa, que apenas se levantaba—. Mujer, cuando te vistas hoy, creo que debes ponerte mis pantalones.

Su esposa se sentó en la cama:— ¿Cómo? ¿Por qué me pondría yo tus pantalones?

Miguel colocó la bandeja del desayuno en el tocador:— Si insistes en exigirme cosas, en regañarme como a un niño, y en mirarme con desprecio — pues, tú debes llevar los pantalones de la familia. — Miguel le fijó la mirada mientras se inclinó para quitarse los pantalones de montar.

"No, I will not wear your pants!" She glared at him.

"Then do not ask me what I am thinking and do not condemn me for what I do." Miguel threw his pants on the bed in front of her. She picked them up and threw them back at him.

Miguel picked up the tray of food and placed it beside her. "Just know I love you." He bent over and kissed her. Throughout their years together, his wife bore him many children, and Miguel, well, he never laughed at Lightning's comments again.

—¡No, no voy a usar tus pantalones! —Lo miró feroz.

—Pues no me preguntes por lo que estoy pensando ni me condenes por lo que hago. —Miguel echó los pantalones en la cama delante de ella. Ella los recogió y se los tiró a él.

Miguel levantó la bandeja y la puso cerca de ella:— Has de saber que te amo. —Se inclinó para besarla. Através de los años su esposa le dio muchos hijos, y Miguel...pues, nunca volvió a reírse de los comentarios de Relámpago.

La poción mágica

The Magic Potion

a poción mágica

de recién llegados, que no siempre conocen
gente. Algunos de los santafesinos nativos
dad ha cambiado de color, del café adobe
os y los lugares especiales permanecen allí
iendo Santa Fe. Esta historia me la contó
a Fe. No recuerdo su nombre, pero nunca

estará listo el desayuno? —La niña
a.
ó en su silla de fabricación casera con
as.
l desayuno? —La niña de siete años
que se apoyaban en plataformas de
e la larga trenza morena en la mano,

a cabeza. Tenía nublados los ojos
tilda, hay que hacerte las trenzas.
ná, ¿dónde está mi papá?
lequillos de la frente de su niña.
e luz del sol. Corrió, como siempre,
a con un empujón y se sentó en la
de comida.

mamá sigue enferma?—La madre
Debes llevar a tu mamá con otro
ríamos llevarlas a ti y a tu mamá.
papá. —La mujer le sirvió un vaso
u papá?
ontestar. Su padre regresaba raras
a deprimente. Se enojaba con la

mother for not trying to walk and storm away. Matilda ate her food and said nothing.

The two girls went outside and played in the warm fall day. When evening came, Matilda ran to the house of another friend who lived far to the west of them. She cautiously entered their sweet-smelling home. A fire burned in the fireplace, food bubbled on the woodstove, and the family was singing songs in the main room. The father of the house was playing his guitar, while the oldest son played the flute. It was peaceful, comfortable, and almost safe.

Matilda crept into the main room and quietly sat on a chair in the corner. The tall wooden furniture was polished to a shine. The rugs on the floor were swept clean. Hot cocoa and freshly-made cookies sat on the round table in the center of the room, surrounded by other chairs and wooden benches. Matilda sat back, letting the songs, the warmth, and the smells fill her.

"Matilda! What are you doing back here? You were just here yesterday. Go home! Go home, now!" Mrs. Casas yelled at her.

Mr. Casas shushed his wife. "Rosa, the girl is hungry. She has no food at her house and her mother is ill. Let her be." Mr. Casas put down his guitar and gathered up a handful of cookies. He walked over and handed them to Matilda.

"Matilda, you are covered with dirt and grime. Here, put the cookies on this napkin and go clean up in the kitchen." He took her arm and led her into the kitchen. The two of them stood at the sink. Mr. Casas pumped the water as she washed her hands, arms, and face.

"Has your mother eaten today?"

Matilda shook her head. Mr. Casas pulled a soft white cloth from a drawer, unfolded it and put in it several fresh, hot rolls from the oven. He took a wooden bowl and filled it with hot beans from the pot on the woodstove, and poured some fresh milk into a large skin.

"Here, take this and go out the back door. That way Mrs. Casas won't yell at me as well." He smiled and helped her out the back door with the bundle of food, quietly shutting the door behind her.

Matilda was not far from the door when she remembered she hadn't thanked Mr. Casas. She almost had the door open when she heard Mrs. Casas call out to him.

"You thought I wouldn't be suspicious!" Mrs. Casas shouted. "She should take her mother to the witches in Santa Fe. Her mother is under a spell. No one can help her."

madre por no tratar de caminar y salía enfurecido. Matilda desayunó sin decir nada.

Las dos niñas salieron para jugar en el día caloroso del otoño. Al atardecer, Matilda corrió a la casa de otra amiga que vivía muy al oeste de ellas. Cautelosa, entró en esta casa de olor agradable. Había lumbre en la chimenea, la cena estaba cocinándose en la estufa, y la familia cantaba canciones en la sala. El padre tocaba su guitarra mientras el hijo mayor tocaba la flauta. Todo estaba tranquilo, cómodo y casi seguro.

Matilda entró sigilosa a la sala y se sentó en una silla en el rincón. Los altos muebles de madera estaban pulidos hasta brillar. Los tapetes en el piso estaban bien barridos. Chocolate y galletas recién horneadas se hallaban en la mesa redonda en el centro de la sala, rodeada por otras sillas y bancos de madera. Matildo se reclinó, dejándose llenar con las canciones, el calor, y los olores agradables.

—¡Matilda! ¿Estás aquí otra vez? Si ya viniste ayer. ¡Vete a casa! ¡Vete a casa ahora mismo! —la señora Casas le gritó.

El señor Casas hizo callar a su esposa:— Rosa, la niña tiene hambre. No hay comida en su casa y su mamá está enferma. Déjala. —El señor Casas dejó su guitarra y tomó una puñada de galletas. Fue a dárselas a Matilda.

—Matilda, estás mugrienta. Vamos, deja las galletas en esta servilleta y ve a la cocina a lavarte. —Le tomó el brazo y la llevó a la cocina. Los dos se pararon ante el fregadero. El señor Casas manejó la bomba de agua mientras la niña se lavó las manos, los brazos y la cara.

—¿Comió tu mamá hoy?

Matilda negó con la cabeza. El señor Casas sacó una suave servilleta blanca de un cajón, la desdobló, y metió varios panecillos calientitos del horno. Tomó un tazón de madera y lo llenó de frijoles calientes de la olla que estaba sobre la estufa, y vertió leche fresca en una bolsa grande.

—Ten, toma esto y vete por la puerta trasera. No quiero que la señora Casas me regañe a mí también. —Sonrió y le ayudó a salir con la envoltura de comida, cerrando la puerta silenciosamente tras ella.

Matilda no estaba lejos de la puerta cuando recordó que no le había dado las gracias al señor Casas. Al acercarse a la puerta, oyó gritar a la señora Casas.

—¡Pensaste que yo no sospecharía nada! —le llamó a su esposo—. La niña debe llevar a su mamá con las brujas de Santa Fe. La mamá está embrujada. Nadie la puede ayudar.

Matilda thought about this as she ran home to her mother, who was still sitting painfully in the kitchen. She opened the cloth, poured her mother some milk, and placed the bowl of beans in her mother's lap. Her mother just sat and stared at the food.

"Mama Theresa, tomorrow we are going to get you some help. I found a way to do it." Matilda broke the bread and wedged it between her mother's teeth.

Her mother sucked on the bread and spit it out. "I do not deserve to eat! My legs do not work and I wish to die!"

Matilda didn't pay any attention. She had a plan.

Matilda did not go to her friend's house for breakfast the next day. Instead, she went to the blacksmith to ask if he knew of anyone who would be going to Santa Fe. It wasn't long before she found herself sitting on the back of a carriage, swinging her feet and humming as they moved along.

The carriage let her off in the plaza. Her first stop was the church, where she knelt and prayed for her mother. Lighting a candle, she watched the other people around her. They were very solemn. She went back out into the busy street. There were vendors selling everything. She laughed as she walked by them. Many of the vendors appeared to be worse off than she was.

Matilda walked under the portal of the Palace of the Governors, searching for someone her age. At last she spied a boy pushing a heavy cart filled with manure.

"Excuse me!" She ran into the busy street to walk by his side. "Excuse me, do you know where there are any witches?"

"Witches! What do you want with them? They cause nothing but trouble, trouble, trouble!" He stared ahead as horsemen rode in front of his cart. "Witches are bad for everyone, they should be run out of town!" He shook his head as an elderly man almost walked into the cart.

"Well, I need to find the witches. Do you know where they live?" Matilda was not giving up.

"Sure, they live up there." He jerked his head to the Paseo del Norte. "They live up there past the chapel, the first house on the left. But you better be careful, they are tricksters!"

Matilda thanked him and ran up the road. She hurried past the chapel and found the house. There were black blankets hanging over the windows. The door was of heavy wood and had no sign or latch. She cautiously walked up the path to the door. No flowers, no sign of life could be seen anywhere near the house. Not even the birds flew near it.

Matilda pensó en esto mientras regresó corriendo a la casa, donde su madre seguía sentada adolorida en la cocina. Matilda desenvolvió la servilleta, le sirvió leche, y puso el tazón de frijoles en el regazo de su madre. La madre se quedó sentada mirando la comida.

—Mamá Teresa, mañana vamos a encontrar la manera de ayudarte. Hoy supe qué hacer. —Matilda rompió el pan y lo metió entre los dientes de su madre.

La madre chupó el pan y luego lo escupió:— ¡No merezco comer! La piernas no me sirven y quiero morir!

Matilda no le hizo caso. Tenía un plan.

Al día siguiente, Matilda no fue a desayunar en la casa de su amiga. En lugar de eso fue al herrero para preguntarle si sabía de alguien que fuera a Santa Fe. Muy pronto se encontraba sentada en la parte trasera de un carro, meneando las piernas y tarareando conforme seguían adelante.

El carro la dejó en la plaza. Primero ella pasó por la iglesia, donde se arrodilló a rezar por su madre. Mientras encendía una vela, miró a la gente a su alrededor. Se veían muy solemnes. Volvió a salir a la calle, que estaba muy concurrida. Había vendedores de todo. Se rio al pasarlos. Muchos de los vendedores parecían ser más pobres que ella.

Matilda caminó por abajo del portal del Palacio de los Gobernadores, buscando una persona que tuviera la misma edad que ella. Por fin vio a un niño que estaba empujando una carreta pesada llena de estiércol.

—¡Disculpa! —Se metió de prisa en la calle transitada para caminar a su lado—. Disculpa, ¿sabes dónde se pueden encontrar las brujas?

—¡Las brujas! ¿Qué quieres con ellas? ¡No hacen más que mal, mal, mal! —Miró adelante mientras unos jinetes pasaron en frente de su carreta—. Las brujas causan problemas para todo el mundo, deben ser expulsadas de la ciudad. —Movió la cabeza al ver a un viejo que estaba al punto de tropezar con la carreta.

—Pues necesito encontrarlas. ¿Sabes dónde viven?— Matilda no se dio por vencida.

—Claro, viven por allí arriba. —Señaló con la cabeza el Paseo del Norte:— Viven por allí arriba pasando la capilla, la primera casa a la izquierda. Pero ten cuidado, son unas tramposas.

Matilda le dio las gracias y se echó a correr camino arriba. Pasó de prisa la capilla y encontró la casa. Unas cobijas negras tapaban las ventanas. La puerta era de madera pesada y no tenía ni letrero ni cerrojo. Caminó cautelosa por el sendero que llevaba a la puerta. No había flores, no se notaba en ningún lado ningún indicio de vida. Ni siquiera los pájaros volaban cerca de la casa.

Matilda straightened her dress. She brushed the dirt off her high-buttoned black shoes. She pulled up her stockings and flipped her long braids back over her shoulders. After she knocked on the door, she pinched her cheeks to give them color.

The door creaked open.

A voice cackled from the dark interior. "What do you want? You have awakened us during the day! What do you want?" A hand with long, gnarled fingers reached out and grabbed her arm, yanking her into the dark room. The door banged shut loudly behind her.

Matilda stared at the strange woman. Gathering her courage, she spoke. "Hello, I have come to ask for a potion. I was told you make potions for people." Matilda rubbed her hands together.

"Oh, a young one! Luisa, look, a young one has come to us for a potion!" Long, black, snarled hair confronted her. Beneath the snarls she saw a mouth with two front teeth in a gummy smile. The nose was crooked and covered with warts. Another figure appeared from behind a blanket.

"Oh, good, Delia. Let us cook her!" The figure was dressed in a torn black blouse. Her long skirt was covered with slime. The gnarled hands reached forward to grab Matilda. This witch had no teeth. Her purple tongue fell all the way to her chin when she was not speaking. Her left eye was sewn shut and her right eye appeared to be more in the middle of her forehead than on the side. Matilda quickly stared down at the floor out of respect and fear.

"No, Luisa!" Delia cackled. "She wants to buy a potion. She has brought us money for a potion. Hush now, and let her talk!" This first witch was taller than the second and she had no chin. Her dress was covered with layers of blood. The room stank of death. Matilda's eyes filled with tears. She had no money!

She tried to think of what she could give the witches. The two of them stared at her. "I need a potion which will work quickly." She examined the room. Shelves were crammed with glass bottles full of various kinds of bubbling fluids.

"What kind of potion?" barked Luisa, the shorter witch.

Matilda's voice was just above a whisper. "I want a potion which will cure my mother."

Delia cackled as she rubbed her hands together. "What ails your mother, sweet thing?"

Matilda arregló su vestido. Limpió la tierra de sus zapatos negros de botones. Se subió las medias y echó sus largas trenzas por los hombros. Después de tocar en la puerta, se pellizcó las mejillas para enrojecerlas.

La puerta abrió con un crujido.

Una voz cacareó desde el interior oscuro:— ¿Qué quieres? ¡Nos despertaste en el día! ¿Qué quieres? —Una mano con largos dedos torcidos se alargó y, agarrándole el brazo, la hizo entrar de un jalón en el cuarto oscuro. La puerta se cerró detrás de ella con un golpe estrepitoso.

Matilda se fijó la mirada en la mujer extraña. Esforzándose por cobrar valor, habló:— Buenas tardes, vengo a pedirle una poción. Me dicen que usted hace pociones para la gente. —Matilda se frotó las manos.

—¡Vaya, una joven! ¡Luisa, mira, una joven ha venido a pedirnos una poción! —Delante de Matilda se presentaban unas marañas de largo pelo negro. Abajo de las marañas Matilda vio una boca con dos dientes incisivos en una sonrisa de encías. La nariz era chueca y cubierta de verrugas. Otra figura apareció desde su lugar detrás de una cobija.

—Qué bien, Delia. Vamos a cocinarla. —La figure se vestía una negra blusa desgarrada. Su falda larga estaba cubierta de baba. Las manos torcidas se alargaron hacia Matilda. Esta bruja no tenía dientes. Su lengua morada le llegaba hasta la barbilla cuando no estaba hablando. Tenía el ojo izquierdo cerrado con costuras y el ojo derecho parecía estar más en el centro de su frente que al lado. Matilda inmediatamente fijó la mirada en el suelo por respeto y miedo.

—¡No, Luisa! —cacareó Delia—. Quiere comprar una poción. Nos ha traído dinero por una poción. ¡Cállate y déjala hablar! —Esta bruja, la primera, era más alta que la segunda y no tenía barba. Tenía el vestido cubierto de capas de sangre. El cuarto apestaba a muerte. Los ojos de Matilda se llenaron de lágrimas. No tenía dinero.

Matilda pensó en lo que podría darles a las brujas. Las dos la miraron—. Necesito una poción que dé resultado en seguida. —Observó el cuarto. Había estantes atiborrados de frascos llenos de varios tipos de líquidos burbujeantes.

—¿Qué clase de poción? —Luisa, la baja, preguntó áspera.

La voz de Matilda no era más que un susurro:— Quiero una poción para curar a mi mamá.

Delia cacareó y se frotó las manos:— ¿Qué tiene tu mamá, querida?

Matilda held her chin high and spoke forcefully. "My mother's knees are large and red. They hurt her all the time... she cannot walk."

"A healing potion, how sweet! Delia, she wants to heal her mother!"

"Luisa, don't be rude!" The taller witch pointed her gnarled finger at Matilda. "Healing is supposed to be natural—the choice of the person who is sick. If you can't get the sick one to heal herself, well, then, we can help you. Can't we, Luisa?"

The two witches huddled in the corner of the dim room, whispering. Matilda watched cautiously. Delia walked to a shelf and reaching up, she retrieved a bottle. She brought it to Matilda—a beautiful, rose-colored bottle. She held it out, her greedy fingers clutching it firmly. "You will need to pay us fifty pesos for this. Do you have it?"

Luisa chuckled gleefully by the door blanket. Matilda shook her head, staring at her fingers. "No, I have no money. But...but...I need this potion to make...to make...my mother walk..."

"Hah! She is just a stupid child! I say let's cook her!" The shorter witch moved quickly around the table to grab Matilda.

"NO!" Matilda gasped, ready to flee in fear.

The taller witch swiftly moved her hand to Matilda's pearl necklace, which hung out over her pinafore. "What's this?" the crackly voice demanded as she breathed into Matilda's face.

"This!" Matilda wanted to grab her great-grandmother's pearl necklace away from the witch's hand, but she could not bring herself to touch the gnarled fingers. "This is all I have! It belonged to my great grandmother! It's all I have!"

In a blink of an eye, Delia ripped the necklace from her neck. "This will do fine. Look, Luisa, a lovely trinket for my collection!"

"Delia, just a moment!" the shorter witch snorted. "You get something and I don't! I made the potion!"

"Luisa, don't be so greedy. You always want everything. This is mine. Mine!" The taller witch shoved the potion into Matilda's hand. "Go!"

"No! I want something!" Luisa grabbed at the pearl necklace in the other witch's hand. The two of them began to chase each other around the room.

Delia shouted out to Matilda, "Go! Get out of here, before she turns you into a wart on my nose!"

Luisa called out, "You cheap little girl!"

Matilda fled into the bright sunlit day. The town was busy with people. Her small body shook. She wiped a tear from her eye—she had the potion!

Matilda levantó la barba y habló enérgica:—Tiene las rodillas hinchadas y rojas. Le duelen todo el tiempo...no puede caminar.

—Una poción curativa, ¡qué lindo! Delia, ¡quiere curar a su mamá!

—Luisa, no seas grosera. —La bruja alta le apuntó con el dedo nudoso a Matilda: —La curación debe ser natural, la decisión del enfermo mismo. Si no puedes hacer que el enfermo se cure, pues nosotras podemos ayudar. ¿No es así, Luisa?

Las dos brujas se apiñaron susurrando en el rincón del cuarto oscuro. Matilda las observó con recelo. Delia fue a un estante y alargando la mano hacia arriba, recogió un frasco. Se lo llevó a Matilda — un hermoso frasco color rosado. Se lo tendió, los dedos avaros agarrándolo bien—. Tendrás que pagarnos cincuenta pesos por esto. ¿Los tienes?

Luisa rio maliciosa junto a la cobija de la puerta. Matilda negó con la cabeza, mirando los dedos—. No, no tengo dinero. Pero ... pero ...necesito esta poción para hacer...para hacer ..que mi mamá camine.

—¡Ja! No es más que una niña tonta. ¡Yo digo que la cocinemos!— La bruja baja dio la vuelta rápido a la mesa queriendo agarrar a Matilda.

—¡No! —gritó Matilda, al punto de huirse de miedo.

La bruja alta estiró la mano rápidamente al collar de perlas de Matilda que colgaba sobre su vestido—. ¿Qué es esto? — insistió la voz crepitante mientras su aliento invadió la cara de Matilda.

—¡Esto! —Matilda quería arrebatar el collar de perlas de su bisabuela de la mano de la bruja, pero no se atrevió a tocar los dedos torcidos—. ¡Esto es todo lo que tengo! ¡Fue de mi bisabuela! ¡No tengo nada más!

En un abrir y cerrar de ojos, Delia arrancó el collar de su cuello:— Con esto ya está bien. Mira, Luisa, una linda baratija para mi colección.

—¡Un momento, Delia! —bufó de rabia la bruja baja—. ¡Tú tienes algo y yo no! ¡Si yo hice la poción!

—Luisa, no seas tan codiciosa. Siempre quieres todo. Esto es mío. ¡Mío! —La bruja alta metió la poción en la mano de Matilda:—¡Ya vete!

—¡No! ¡Yo quiero algo! —Luisa intentó arrebatar el collar de la mano de la otra. Las dos empezaron a forcejear, corriendo por el cuarto.

Delia le gritó a Matilda:— ¡Vete ya! ¡Sal de aquí antes de que ella te cambie en una verruga en mi nariz!

Luisa le gritó:— ¡Sinvergüenza!

Matilda se huyó al día asoleado. Mucha gente iba y venía en las calles. Le tembló su cuerpo pequeño. Se limpió una lágrima —¡ya tenía la poción!

On the way home, Matilda sat on the back of the carriage, watching the bright orange sunset. When the carriage stopped in front of her house, she graciously thanked the family and ran inside. There her mother sat—the same as always.

Matilda boiled water on the woodstove. She poured the potion into a cup of hot tea. Then, tilting her mother's head back, she poured the hot tea with the potion down her mother's throat.

Matilda grabbed the broom and cleaned up the kitchen. She washed the floor and polished the wooden table and chairs. After sweeping the main room, she built a roaring fire.

"Come, Mama Theresa, the fire will help you!" Matilda pulled and jerked the chair's square legs across the wooden floor into the main room. Her mother groaned as the chair jerked from side to side.

"Mama Theresa, do you feel better?" Matilda knelt beside her mother's chair. Her mother's face was still expressionless. Her knees were still large and red. She began to sing and dance around her mother. Her mother's eyes remained glazed, unchanged. Matilda stoked the fire. She danced and sang around her mother all night. She would laugh, pull back the blanket on her mother's knees, and try to get her to stand. Theresa's face remained pained.

"Mama Theresa, do you want to feel better? Don't you want to get up and dance with me? Don't you want to dance with me?" She smiled warmly into her mother's face. Nothing happened.

Matilda pulled back the curtains in the main room. The sun was barely waking. She dragged her mother's chair to the window, pivoting the back leg to swing her mother's face to the sun. "Mama Theresa, look! The sun is rising. Life is good, life is full of love, life is waiting for you!"

Theresa's expressionless face remained firm, filled with pain. "Mama! I miss you. Come, Mama, try to feel better." Matilda knelt at her mother's knees, rubbing them, crying on them. The tears pooled on her knees and remained.

Matilda rubbed her tears into her mother's knees. Theresa lifted her hand to her daughter's. "Don't rub them, girl, they hurt enough as it is."

She pushed her mother's hand away. "I am going to rub these knees until they feel better, Mama. These knees are going to feel better! You can dance with me!" Matilda's round brown eyes filled again with tears.

De regreso a casa, Matilda, sentada en la parte trasera del carro, miró la brilliante y anaranjada puesta del sol. Cuando el carro se paró delante de su casa, dio las gracias y entró de prisa. Ahí estaba sentada su madre — como siempre.

Matilda puso a hervir el agua en la estufa. Vertió la poción en una taza de té caliente. Luego, empujando la cabeza de su madre hacia atrás, le vertió el té caliente con la poción en la garganta.

Matilda agarró la escoba y limpió la cocina. Lavó el piso y pulió la mesa y las sillas de madera. Después de barrer la sala, hizo una lumbre grande.

—Ven, Mamá Teresa, la lumbre te hará bien.—Matilda jaló a tirones las patas cuadradas de la silla por el piso de madera a la sala. Su madre gimió cuando Matilda jaló la silla de un lado al otro.

—Mamá Teresa, ¿te sientes mejor? —Matilda se arrodilló junto a la silla de su madre. La cara de ésta estaba todavía sin expresión. Las rodillas seguían hinchadas y rojas. Empezó a cantar y a bailar alrededor de su madre. Los ojos de la madre seguían glaseados, sin cambiar. Matilda atizó la lumbre. Bailó y cantó alrededor de su madre toda la noche. Se reía, le quitaba la cobija de las piernas, e intentaba hacer que se pusiera en pie. La cara de Teresa continuaba adolorida.

—Mamá Teresa, ¿quieres sentirte mejor? ¿No quieres levantarte y bailar conmigo? ¿No quieres bailar conmigo?—Le dirigió a la madre una sonrisa cálida. No pasó nada.

Matilda corrió las cortinas de la sala. El sol apenas se despertaba. Arrastró la silla de su madre a la ventana, girándola en una pata trasera para que la cara de Teresa se diera al sol—. Mamá Teresa, ¡mira! El sol está saliendo. ¡La vida es buena, está llena de amor, la vida te está esperando!

La cara sin expresión de la mamá Teresa siguió firme, llena de dolor—. ¡Mamá! ¡Te echo de menos! Vamos, mamá, intenta mejorarte.—Matilda se arrodilló junto a las rodillas de su madre, frotándolas, llorando en ellas. Las lágrimas se acumularon en las rodillas.

Matilda friccionó las lágrimas en las rodillas de su madre. Teresa levantó la mano a la de su hija:— No las frotes, hija, ya me duelen sin más.

Matilda apartó la mano de su madre—. Voy a frotarte estas rodillas hasta que te sientan mejor, mamá. Estas rodillas se te van a sentir mejor. Puedes bailar conmigo. —Los redondos ojos morenos de la niña se volvieron a llenar de lágrimas.

The potion was not working. How could that be? She had given the witches her great-grandmother's pearl necklace! Matilda turned and with the sunlight shining through the window, she noticed the rose-colored bottle on the kitchen table.

"Mama, wait, I have an idea." She ran to the kitchen and grabbed the bottle. She pulled out the cork and poured the last remaining drops of the potion on her mother's knees. She rubbed and rubbed. She rubbed until her arms burned.

"Daughter, your braids need to be done. Go get me the brush." Theresa spoke loudly. Matilda jumped back and stared into her mother's face. "Go and get me the brush!"

Matilda slowly rose to her feet. "No, Mama, today you will not braid my hair." She touched her wrists. They were sore from the rubbing.

"Fine, I will get the brush then!" Her mother put her hands on the arms of the chair. Her arm muscles bulged as she pushed down to lift her body. Matilda couldn't believe it. Theresa sat back in the chair. She bent over and gingerly lifted one foot onto the floor, then the other. Again, she pushed down on the chair, her muscles bulging. Mother Theresa rose to stand.

"This isn't too bad," she commented. "But standing up after all this time is like walking on wet cheese. Matilda, fetch me my cane." Matilda ran to the closet and grabbed the walking cane from the back corner. Hearing a noise right behind her, she turned.

Her mother stood beside her at the closet door. "Matilda, this is most strange. My right leg feels like mud and my left leg feels as if someone shaped it from wood. Don't let me get too close to the fire!" She laughed.

She studied Matilda's expression. "What a face you have this morning!" Theresa pushed Matilda's messy bangs from her forehead. "You have been up all night! What kind of a mother do you have, girl?" She shuffled into the kitchen. "My, what a clean kitchen. No one has started breakfast!"

Matilda ran to her mother's side. "Mama, is it all right for you to walk?"

Theresa laughed. "Don't you think it is time I got up and helped you?" She gave her daughter a hug. "You have let me suffer long enough. Come, we must fix breakfast and prepare for the day."

Matilda brought her mother the frying pan and the eggs from the cold box. She helped pump the water for the hot cocoa. Then, sitting at the kitchen table, she unraveled her braided hair. Her mother hummed as she cooked, spouting choice words when she dropped the spoon on the floor

La poción no funcionaba. ¿Cómo sería posible? Les había dado a las brujas el collar de perlas de su bisabuela. Matilda se volvió y, al entrar la luz del sol por la ventana, se fijó en el frasco color rosa en la mesa de cocina.

—Mamá, espera. Tengo una idea.—Corrió a la cocina y agarró el frasco. Le quitó el corchón y vertió las últimas gotas de la poción en las rodillas de su madre. Friccionó, Siguió friccionando hasta que le ardían los brazos.

—Hija, hay que hacerte las trenzas. Traeme el cepillo. —La madre Teresa habló fuerte. Matildo dio un salto para atrás y miró fijamente la cara de su madre—. ¡Vamos, traeme el cepillo!

Matilda se levantó despacio—. No, mamá, hoy no vas a trenzarme el pelo.—Tocó sus muñecas. Le dolían por tanto frotar.

—Bueno, ¡yo misma iré por el cepillo! —Su madre puso las manos en los brazos de la silla. Sus músculos se tensaron cuando empujó hacia abajo para levantarse el cuerpo. Matilda no lo pudo creer. Teresa volvió a sentarse en la silla. Se encorvó y con cuidado levantó un pie para ponerlo en el suelo, luego el otro. Otra vez empujó en la silla, los músculos tensándose. La madre Teresa logró ponerse en pie.

—No está mal —comentó—. Pero pararme después de tanto tiempo es como caminar en queso mojado. Matilda, traeme el bastón.—Matilda corrió a la dispensa y agarró el bastón de su madre del rincón. Al oir un sonido detrás de ella, se volvió.

Su madre estaba parada a su lado junto a la puerta de la dispensa—. Matilda, esto es muy raro. La pierna derecha parece lodo y la pierna izquierda parece ser formada de madera. ¡No dejes que me acerque demasiado a la lumbre!— Se rio.

Contempló el gesto de Matilda—. ¡Qué cara tienes esta mañana! —Teresa apartó los flequillos desordenados de la frente de la niña—. Desvelaste anoche. ¿Qué clase de madre tienes, hija? —Entró en la cocina arrastrando los pies—. ¡Vaya, qué cocina más limpia! Nadie ha preparado el desayuno.

Matilda fue rápido al lado de su madre:— Mamá, ¿no te hace mal caminar?

Teresa se rio:— ¿No crees que ya es hora que me levante a ayudarte? —Teresa abrazó a su hija:— Ya me dejaste sufrir más que lo suficiente. Vamos, tenemos que preparar el desayuno y ponernos listas para el día.

Matilda le trajo a su madre la sartén y los huevos de la nevera. Le ayudó a bombear el agua para el chocolate. Luego, sentada en la mesa de la cocina, deshizo su pelo trenzado. La madre tarareó mientras cocinaba,

and had to bend over for it. The two of them sat at the kitchen table and talked through breakfast.

Matilda's neighbor friend knocked softly on the kitchen door. She had a cloth filled with hot tamales, fresh bread, and white cheese. She knocked again, more firmly, for no one was answering. When she heard a soft shuffle, she stood back ready to give her food gifts to Matilda. The door opened and there stood Theresa.

"Good morning, little one! What can I do for you on such a fine morning?"

"I, um, brought some food to Matilda. She usually comes to our house for breakfast and we missed her." The girl shoved the bundle of food into Theresa's hands. Theresa gracefully received it.

"Why don't you come in? Matilda will be happy to see you."

The wide-eyed girl ran back to her own house. Theresa placed the food on the counter. "Matilda, Matilda! Where are you?" She called out frantically. "Matilda! Matilda! Where are you!"

Matilda pulled her clean pinafore over her head. She buttoned it as she hurried to her mother's side. "Mama?"

"Matilda, look at me. Do I look frightening?" Theresa pulled at her wrinkled skirt and pushed back her snarled hair. Matilda burst out laughing. "Mama, you look awful! Your dress is soiled, your hair hasn't been brushed for months, and your eyes have dark circles around them!"

Theresa rubbed her own legs as she took a bath. She smiled as her daughter washed her hair and combed it. Mother Theresa held her daughter's hand proudly as they cautiously stepped out into the bright sunlight.

Matilda returned to school. Theresa took walks with her cane. She helped neighbors with their account books in exchange for food. Each night before bed, Theresa would tell Matilda a story and Matilda would rub her mother's knees with the potion.

The potion? Well, it was used up that first night, if you remember. But Matilda never said anything. She put water and oil in the bottle when her mother dressed in the morning. The potion was forever present as long as the bottle of love remained. (And the pearl necklace? Well, you will have to ask the witches yourself!)

maldiciendo cuando dejó caer la cuchara en el piso y tuvo que doblarse para recogerla. Las dos se quedaron sentadas en la mesa de la cocina y platicaron durante el desayuno.

La amiga vecina de Matilda tocó ligeramente en la puerta de la cocina. Traía una servilleta llena de tamales calientes, pan fresco y queso blanco. Volvió a tocar más fuerte, ya que no le contestaban. Al oír un paso suave, dio paso atrás, lista para entregarle a Matilda la comida regalada. La puerta se abrió y allí estaba Teresa.

—Buenos días, pequeña. ¿En qué te puedo ayudar en esta mañana tan linda?

—Este.. le traje algo que comer a Matilda. Siempre viene a nuestra casa a desayunar y la extrañamos.

La niña metió la envoltura de comida en las manos de Teresa. Ésta la recibió con cortesía:—¿No quieres pasar? Matilda se alegraría de verte.

La niña, con los ojos abiertos, regresó corriendo a su casa. Teresa colocó la comida en la mesa—. ¡Matilda! ¡Matilda! ¿Dónde estás? —llamó frenética—. ¡Matilda! ¡Matilda! ¿Dónde estás?

Matilda se puso el vestido limpio tirándolo sobre la cabeza. Lo abontonó mientras iba de prisa al lado de su madre:— ¿Sí, mamá?

—Matilda, mírame. ¿Me veo espantosa? —Teresa tiró de su falda arrugada y echó atrás su pelo enmarañado.

Matilda se echó a reír:— Mamá, ¡te ves horrible! Tu vestido está sucio, tu pelo no lo has cepillado por meses, y tienes ojeras.

Teresa friccionó sus propias piernas cuando se bañó. Sonrió cuando su hija le lavó el pelo y se lo peinó . Tomó orgullosa la mano de su hija cuando salieron con cuidado a la radiante luz del sol.

Matilda volvió a la escuela. Teresa paseaba con su bastón. Ayudaba a los vecinos con sus cuentas a cambio de comida. Cada noche antes de acostarse, Teresa le contaba un cuento a Matilda y Matilda le friccionaba las rodillas con la poción.

¿Cómo que la poción? Pues, se acabó aquella primera noche, si te acuerdas bien. Pero Matilda nunca dijo nada. Metía agua y aceite en el frasco mientras su madre se vestía por la mañana. La poción estaba presente siempre que el frasco de amor existiera. (¿Y el collar de perlas? Pues vete tú a preguntárselo a las brujas.)

La grilla abuela

Grandmother Cricket

Grandmother Cricket

Animals and people are equal and no one should forget it! Ramón Arturo Montoya told this old story at the T&T store in Bernalillo near Jemez Dam, New Mexico. Ramón lost two sons to simple farming accidents, and his wife Alma still goes out each night to take food to the crickets. Alma believes this story. At least that is what Ramón says.

"Hush, listen. Do you hear them?" The mother brushed her son's hair back from his forehead. "Listen, my son. If you listen, the pain will subside."

The young man of nineteen groaned.

"Hush, my son, listen. Outside in the dark the grandmother crickets are calling. They are singing out their song."

The son turned his head. The gash on his forehead dripped blood onto the pillow. No sound came from his throat.

"My son, those are the cricket grandmothers. There is one grand-mother who will look out for you—no matter where you are. She has the power to keep you healthy and strong." The mother tried not to gasp as her son's eyes went dim in the kerosene lamplight.

"My son, there is one grandmother cricket who will guide you on life's path. She will give you wisdom. If for any reason we are separated, she will help me find you." She continued to brush back her son's blood-soaked hair. "We can never be parted as long as you believe in your grandmother cricket."

The son gasped for air. His head slowly nodded, stopped, and was still. She knelt beside the bed. "My son! My son, can you hear me?"

Desperate to feel the throb of his heart, she felt through his bloodied shirt to his chest. "Go with God, my son! I will always love you!"

"Elena, Elena, the doctor is here. Elena, where are you?" A tall man

La grilla abuela

— Los animales y los seres humanos son iguales y nadie debe olvidarse de esto. Ramón Arturo Montoya contó esta vieja historia en la tienda T &T en Bernalillo cerca de Jemez Dam, Nuevo México. Ramón perdio dos hijos en accidentes agrícolas rutinarios, y su mujer Alma sigue saliendo todas las noches a darles de comer a los grillos. Alma cree que esta historia es cierta. O por lo menos así dice Ramón.

—Calla, escucha. ¿Los oyes? —La madre apartó el pelo de la frente de su hijo—. Escucha, mi hijo. Si escuchas, el dolor se irá.

El joven de diez y nueve anos gimió.

—Calla, hijo, escucha. Afuera en la oscuridad las grillas abuelas están llamando. Están cantando su canto.

El hijo volvió la cabeza. La herida en su frente sangraba en la almohada. Ni un sonido salió de su boca.

—Hijo, aquéllas son las grillas abuelas. Hay una abuela que te cuidará —dondequiera que estés. Tiene la virtud de mantenerte sano y fuerte. — La madre trató de no reaccionar al ver, a la luz del quinqué, que los ojos de su hijo se habían nublado.

—Hijo, hay una grilla abuela que te guiará por el camino de la vida. Te dará sabiduría. Si por alguna razón estamos separados, me ayudará a encontrarte.—Siguió acariciando el pelo empapado de sangre de su hijo— . No nos pueden separar si no dejas de creer en tu grilla abuela.

El hijo hizo esfuerzos para respirar. Cabeceó despacio, dejó de moverse, y se quedó quieto. La madre se arrodilló junto a la cama—. ¡Hijo! Mi hijo, ¿me oyes?

Desesperada, con gran urgencia de sentir el latido de su corazón, apartó su camisa sangrienta y le palpó el pecho—. Ve con Dios, mi hijo. Te querré para siempre.

—¡Elena, Elena, ya llegó el doctor! Elena, ¿dónde estás? —Un hom-

with grey hair and muddied clothes hurried into the bedroom. Behind him came another man dressed in black with a black bag.

"Ramón, your son has left us." Elena stood. Her eyes glistened with tears.

The doctor knelt beside the bed. "This young man has been badly hurt. What happened to him?"

Ramón stood staring at his son. His eyes grew round, his mouth opened, and his body began to shake. "NO! HE CANNOT BE DEAD!" His pleading hands lifted skyward. "NO! My son, my son! My God, NO! Do not take my son!"

The doctor shook his head. "You are right, he is dead." The doctor stood beside Ramón. "Ramón, you must tell me what happened. Please, try to calm yourself. Tell me, tell me what happened."

Elena stood staring at her husband. Slowly she walked to his side and pulled his arms down as tears fell from his face. He glared at the doctor. "He was in an accident in the wagon. It overturned...on top of him...he wasn't driving...I was." Ramón shook his head. "I tried to hurry to the pasture before dark to close the ditch gate...I had been drinking...with my friends." He began shaking. "I never should have been driving...my son...he wanted to drive. I wouldn't let him." Ramón fell to the floor on his knees. Elena stood back, frightened of her husband's words.

Ramón leaned forward with his head in his hands. Sobs of pain came from his mouth. "I was drunk! I had been drinking and now...now...my son. Oh, my son!" He lifted his head to stare at the high wooden ceiling. "Please, God, take me—not my son!"

The doctor walked to the bed to cover the dead boy. He knelt beside Ramón and felt his pulse. "Elena, I want you to give Ramón some medicine. He will sleep and tomorrow he will feel better." The doctor stood. Taking Elena's arm, he led her into the kitchen.

He gave her a small white envelope of powder. "Give this to Ramón in a cup of hot tea. He will sleep for a day. Perhaps he will be better by then." The doctor closed his black bag. "I will stop by the funeral officer's house on the way home." He left.

Elena tried to get Ramón off the floor of their son's room. He would not move. He sat, rocking in his pain, tears falling quietly from his eyes. She fixed the tea and forced him to drink it.

Elena sat in the rocking chair in the corner of the room. She rocked back and forth. Her husband lay curled up on the floor with a blanket over him. She rocked, keeping a beat with her heart. She rocked, thinking of her son and his life.

bre alto y canoso con ropa lodosa entró de prisa en el dormitorio. Detrás de él entró otro hombre vestido de negro con un maletín negro.

—Ramón, tu hijo nos ha dejado. —Elena se puso en pie. Sus ojos relucían con lágrimas.

El médico se arrodilló junto a la cama—. Este joven está gravemente herido. ¿Qué le pasó?

Ramón se quedó mirando al hijo. Sus ojos se agrandaron, su boca abrió y su cuerpo empezó a temblar:— ¡NO! ¡NO PUEDE ESTAR MUERTO! —Alzó las manos rogantes al cielo:— ¡NO! ¡Hijo, mi hijo! ¡Dios mío, no! ¡No me lleves al hijo!

El doctor movió la cabeza:—Tiene usted razón, está muerto. —Se paró al lado de Ramón:— Ramón, debe decirme lo que pasó. Por favor, tranquilícese. Dígame, dígame lo que pasó.

Elena se quedó mirando a su marido. Lentamente fue a su lado y le bajó los brazos mientras las lágrimas se le caían de la cara. Ramón miró feroz al médico—. Hubo un accidente en el carrete. Se volcó...encima de él...él no manejaba...yo sí. —Ramón movió la cabeza—. Me apuraba a llegar al pasto antes del atardecer para cerrar la compuerta de la acequia...había tomado...con los amigos. —Empezó a estremecerse—. No debía manejar...mi hijo...quería manejar. No lo dejé. —Se cayó de rodillas al piso. Elena no se le acercó, asustada por sus palabras.

Ramón se inclinó con la cabeza en las manos. Sollozos adoloridos le salieron de la boca:— ¡Estaba borracho! Había tomado y ahora...ahora...mi hijo. ¡Ay, mi hijo! —Ramón levantó la cabeza para mirar al alto techo de madera—. ¡Por favor, Dios, llévame a mí, no a mi hijo!

El médico fue a la cama para tapar al hijo muerto. Se arrodilló junto a Ramón y le tomó el pulso—. Elena, quiero que usted le dé a Ramón una medicina. Se dormirá y mañana se sentirá mejor. —El doctor se paró. Tomándole el brazo a Elena, la llevó a la cocina.

Le dio un pequeño sobre blanco lleno de polvo—. Déle esto a Ramón en una taza de té caliente. Dormirá por un día. Quizá se sentirá mejor entonces. —Cerró su maletín—. Pasaré por la casa del funerero de regreso a mi casa. —Salió.

Elena intentó levantar a Ramón del suelo del cuarto de su hijo. No quiso moverse. Se quedó sentado, meciéndose adolorido, con las lágrimas cayendo en silencio. Su mujer le preparó el té y se lo obligó a beber.

Elena se sentó en la mecedora en el rincón. Se mecía para adelante y para atrás. Su esposo estaba acurrucado en el piso tapado con una cobija. Elena se mecía al compás de su corazón. Se mecía, pensando en su hijo y en la vida de él.

Smiling, Elena remembered his first birthday. She shook her head remembering when he fell off his first horse. As she thought back on his first date, she frowned. Then she stopped rocking.

She turned her head and listened. The crickets were very quiet. She walked to the window over her son's bed. There in the distance she could hear one cricket. A soft chirp, low, undefined, off in the field. The chirping was becoming softer and softer.

Elena ran to the front door. She gathered her shawl and hurried down the front path. Every now and then she stopped, listening. Yes! She heard it still. She ran across the road, down the field, to the open pasture. She stopped, turning her head this way and that, listening.

The chirp was soft, very soft. It was losing strength. Elena knelt in the field. The cricket was not far from her. Staring into the night sky, she began to chant an old song. Her voice was strong.

> "You are beautiful, beautiful beyond compare,
> Your mother and father are beautiful
> And all of your generation to come!"

Elena chanted and chanted. She let the rhythm of the chant carry her words on the early morning wind. The cold dew took form around her, but she did not stop. The sun rose with its splendor and still she chanted.

> "You are beautiful, beautiful beyond compare,
> Your mother and father are beautiful
> And all of your generation to come!"

The morning wind blew around her. A soft chirp sounded beside her. The chirp came in rhythm with her words. Elena did not stop. She did not look down. She let the chirping give her strength to continue. Her voice was tired, rasping, but she did not stop.

> "You are beautiful, beautiful beyond compare,
> Your mother and father are beautiful
> And all of your generation to come!"

A man's voice frantically cried out from the road. "Elena, Elena, where are you?"

Sonriente, recordó su primer cumpleaños. Movió la cabeza al acordarse de sus caídas del primer caballo. Pensando en su primera cita, frunció el ceño. Entonces dejó de mecerse.

Volvió la cabeza y escuchó. Los grillos estaban muy callados. Fue a la ventana arriba de la cama de su hijo. Allá lejos se oía un grillo. Un chirrido bajo, quedito, allá en el campo. Los chirridos se ponían cada vez más bajos.

Elena corrió a la puerta delantera. Recogió su chal y bajó de prisa por el sendero. A cada rato se detenía escuchando. ¡Sí! Aún podía oírlo. Cruzó rápido el camino y se bajó por el campo hasta llegar al pasto abierto. Se paró, volteando la cabeza a todos lados, escuchando.

El chirrido era bajo, muy bajo. Estaba perdiendo fuerzas. Elena se arrodilló en el campo. La grilla no estaba lejos. Mirando al cielo de la noche, empezó a cantar un canto antiguo. Su voz era fuerte.

—Eres hermoso, hermoso sin par,
Tu madre y tu padre son hermosos,
Y toda generación por venir.

Elena cantó y cantó. Dejó que el ritmo del canto llevara sus palabras por el viento de la madrugada. El rocío fresco se formó alrededor de ella, pero no se detuvo. El sol salió esplendoroso y siguió cantando.

—Eres hermoso, hermoso sin par,
Tu madre y tu padre son hermosos,
Y toda generación por venir.

El viento de la mañana sopló en torno de ella. Un chirrido quedito sonó a su lado. Chirriaba al compás de sus palabras. Elena no se detuvo. No miró al suelo. Dejó que el chirrido le diera las fuerzas para seguir. Tenía la voz cansada, quebrada, pero no se detuvo.

—Eres hermoso, hermoso sin par,
Tu madre y tu padre son hermosos,
Y toda generación por venir.

La voz de un hombre llamó desesperada desde el camino:— Elena, Elena, ¿dónde estás?

The chirping beside her grew stronger. Elena did not stop, her chanting continued.

> "You are beautiful, beautiful beyond compare,
> Your mother and father are beautiful
> And all of your generation to come!"

The voice was coming closer. "Elena, come home! Elena, it is me, Frank, your neighbor! Elena, where have you gone?"
She continued her chant.

> "You are beautiful, beautiful beyond compare,
> Your mother and father are beautiful
> And all of your generation to come!"

The chirping of the cricket moved from her side back into the bush alongside the pasture. Frank came running up to her, wheezing. "Elena, you need to come home!" He knelt beside her. He took her hand and warmed it in his. "Your boy! Elena, your boy is breathing! Please come home!"
Elena stopped. She stared at him. "What are you saying?" She slowly stood with his help.
"I stopped by your house. I heard the news in town about Ramón and your son. I stopped by to see if I could help, and when I knocked no one answered. I pushed open the door and found Ramón asleep on the floor, but your son is tossing and turning in his bed!" Frank's face showed concern. "I am worried, for he has bad wounds on his head."
Elena ran beside Frank to her home. She ran to her son's bed. His eyes were open, his wounds were scabbed over, and his breathing was strong. "Frank, go for the doctor! Hurry, please hurry!"
Elena tried to wake Ramón, but all he did was roll over on his back and snore. She boiled water on the woodstove to wash her son's wounds. She let the doctor into the house. While the doctor tended her son, she stood on the porch whispering the words.

> "You are beautiful, beautiful beyond compare,
> Your mother and father are beautiful
> And all of your generation to come!"

El chirriar junto a ella se hizo más fuerte. Elena no se detuvo, siguió cantando.

—Eres hermoso, hermoso sin par,
Tu madre y tu padre son hermosos,
Y toda generación por venir.

La voz se le acercaba—. ¡Elena, regresa a casa! Elena, soy yo, Frank, tu vecino. Elena, ¿dónde estás?
Elena siguió su canto.

—Eres hermoso, hermoso sin par,
Tu madre y tu padre son hermosos,
Y toda generación por venir.

El chirrido de la grilla se movió del lado de Elena hasta el matorral que orillaba el pasto. Frank corrió a ella jadeante—. ¡Elena, tienes que volver a casa! —Se arrodilló a su lado. Le tomó la mano y se la calentó con la suya—. ¡Tu hijo, Elena! ¡Tu hijo está respirando! ¡Por favor, vuelve a casa!

Elena se detuvo. Fijó la mirada en Frank—. ¿Qué dices? —Lentamente se puso en pie con la ayuda de su vecino.

—Pasé por tu casa. En el pueblo oí las noticias sobre Ramón y tu hijo. Pasé a ver si podría ayudarles, y cuando toqué nadie me abrió. Entré y vi a Ramón dormido en el suelo, pero tu hijo daba vueltas en la cama. —La cara de Frank se veía preocupada—. Me preocupo, porque tiene heridas graves en la cabeza.

Elena regresó de prisa a su casa con Frank. Corrió a la cama de su hijo. Tenía los ojos abiertos, las heridas con costras, y la respiración fuerte—. Frank, ¡ve por el médico! ¡Apúrate, por favor, apúrate!

Elena intentó despertar a Ramón, pero éste sólo dio la vuelta para quedarse boca arriba, roncando. Ella puso agua a hervir en la estufa para lavar las heridas de su hijo. Le abrió la puerta al doctor. Mientras el médico se ocupaba del hijo, Elena se quedó en el portal susurrando las palabras:

—Eres hermoso, hermoso sin par,
Tu madre y tu padre son hermosos,
Y toda generación por venir.

She turned her head and listened. Yes! The cricket chirped loudly.

Elena pulled her shawl around her shoulders. "Thank you, Grandmother Cricket. You are truly beautiful, beautiful beyond compare. Your mother and father are beautiful and all of your generations to come." She returned to her son, who was sitting up drinking water.

He pointed to the body on the floor. "What happened to Father? Why is he snoring there on the floor?"

Elena smiled as she sat on the bed holding her son's hand. "He is sleeping with the song of the crickets."

Her son smiled his crooked smile at her. "Yes, you told me of Grandmother Cricket."

Volteó la cabeza para escuchar. ¡Sí! La grilla chirriaba recio.

Elena apretó el chal a los hombros—. ¡Gracias, grilla abuela! Eres hermosa de verdad, hermosa sin par. Tu madre y tu padre son hermosos y todas las generaciones por venir. —Regresó a su hijo, que estaba sentado tomando agua.

El hijo señaló el cuerpo en el suelo:— ¿Qué le paso a mi papá? ¿Por qué está roncando ahí en el piso?

Sentada con su hijo en la cama, tomados de la mano, Elena sonrió:— Está durmiendo con el canto de los grillos.

Su hijo le hizo una sonrisa chueca:— Si, ya me hablaste de la Grilla Abuela.

El canto de la alondra

The Meadowlark's Song

The Meadowlark's Song

The meadowlark sings when one is in need of faith, love, and good life. We all need the song of the meadowlark. There are many who don't listen for its song and they don't respect the message it brings. This is an old story from Alcalde, New Mexico, which was told to me when I was fourteen years old. Listen—listen, a story comes and the words shall make you all the wiser.

The smell of sweet grass filled the air as they rode their horses down to the Rio Grande. Birds, flitting from tree to tree, called out in song. In the fenced pasture beside the road, the cows lifted their lazy heads, then went back to eating grass. The autumn sky filled with high, soft clouds as the afternoon wind blew leaves from the old cottonwood trees.

The horses snorted as they trotted down the dirt road to the river. The crunch of leaves under their hooves almost drowned out the song of the meadowlark who was perched on the branch of a dead elm tree.

Rosa's brown eyes searched the side of the river for the meadowlark. "Albert, listen! There is a meadowlark calling out to us. Stop the horse, listen!"

Albert did not turn, nor did he stop. "Hah! A meadowlark! You and your superstitions. A meadowlark is just a bird who sings when he has a song. Come on, I'll race you!" He kicked the stallion to a full gallop, leaving a trail of dust behind him.

The forty-year-old woman pulled her mare to a stop, searching for the meadowlark. There was no song now. She let the mare race down the river shore to meet the stallion.

"What is it with you?" Rosa called to Albert. "Couldn't you stop for one moment and listen to the song of the meadowlark? Why are you in such a hurry? We have all afternoon."

El canto de la alondra

La alondra canta cuando uno necesita fe, amor y buena vida. Todos necesitamos el canto de la alondra. Hay muchos que no escuchan su canto y no respetan el mensaje que les trae. Ésta es una vieja historia de Alcalde, Nuevo México, que me contaron cuando tenía catorce años de edad. Escucha — escucha, que viene un cuento, y las palabras te harán más sabio.

El aroma de la yerba dulce flotaba en el aire mientras iban montados a caballo al Río Grande. Los pájaros cantaban revoloteando de árbol en árbol. En el pasto cercado junto al camino las vacas alzaron lánguidas la cabeza, para luego volver a pastear. El cielo de otoño se llenó de altas nubes blandas conforme el viento de la tarde sopló y quitó las hojas de los álamos viejos.

Los caballos resoplaron siguiendo a trote el sendero al río. El crujido de las hojas bajo los cascos casi ahogaba el canto de la alondra que se posaba en la rama de un olmo muerto.

Los ojos castaños de Rosa revisaron la orilla del río en busca de la alondra—. Albert, ¡escucha! Una alondra nos llama. Para al caballo, ¡escucha!

Albert ni se volvió, ni se detuvo—. ¡Ja! ¡Una alondra! ¡Vaya supersticiones tuyas! La alondra no es más que un pájaro que canta por cantar. Vamos, ¡te echo una carrera!— Espoleó al caballo. Se echó a correr a todo galope, dejando tras él una nube de polvo.

La mujer de cuarenta años refrenó a su yegua, buscando la alondra. Ya no se oía su canto. Dejó correr la yegua por la orilla del río para encontrar al caballo.

—¿Qué tienes?—le llamó Rosa a Albert—. ¿No pudiste pararte por un momentito a escuchar el canto de la alondra? ¿Por qué tienes tanta prisa? Tenemos toda la tarde.

Albert's deep voice answered her. "Rosa, you are full of superstitions. I want to enjoy this afternoon. It's been hectic for six months. Let's just have fun and leave the meadowlarks alone."

"You're here in the beauty of nature," Rosa said softly. "You could slow down and really enjoy the afternoon." She reached up to stroke his thick, greying hair.

Albert kicked his stallion hard, causing him to take off at a dead run. Rosa circled her mare, watching him disappear down the shore. She spoke softly to the horse. "Trece, the more I know about this man, the more worried I become. He has lied on his employment forms, lied about his heritage, lied about being faithful to me. It is a good thing we have not agreed to get married...yet!"

She rode back to the farm. Sunlight glinted from a silver car in the driveway. "There is his daughter! Oh, Trece, what am I to do? She hates me because her father had me lie to her. It is wrong to lie, Trece, it is very wrong."

Trece jerked her head, trying to loosen the reins. She was anxious to get back to the barn and the comforts of her stall. Rosa turned her around.

"We won't go home, not right away. Come on, Trece, we need some peaceful time. If Albert isn't filling the house with his bitterness and demands, his daughter comes and does it. Let's go find a meadowlark." Forcefully, Rosa turned the mare down along the pasture fence towards the train tracks.

She sighed. "Trece, we can't go on living with people who are false and filled with anger and hate. What should we do?"

The mare snorted as her hooves kicked up the dry sand. A meadowlark landed on a white railroad signal pole. Rosa's tears fell on the oiled saddle. "I thought I loved this man. He came to live with us and all he has done is live off us and lie. He lies and lies and lies! What are we to do?"

Rosa wiped her nose on the handkerchief she pulled from her pants pocket. "What good is love if it is untruthful? What good is love if each does not uphold his half? What good is love if it takes all your strength and leaves you feeling used? Trece, answer me!"

The horse continued to snort with the billowing dried sand. The meadowlark hopped from one railroad marker to the next, following the crying woman. At a large horse farm, the road came to an end. Trece lifted her head as horses cantered across the field to greet them.

La voz profunda de Albert le contestó:— Rosa, ¡estás llena de supersticiones! Quiero disfrutar esta tarde. Me he ajetreado mucho en los últimos seis meses. Vamos a divertirnos y dejar a las suyas a las alondras.

—Estás aquí en la hermosura de la naturaleza—Rosa dijo en voz baja—. Deberías relajarte y disfrutar la tarde de veras. —Subió la mano para acariciarle el espeso pelo canoso.

Albert espoleó fuerte al caballo y éste se echó a correr. Rosa dio vuelta en la yegua, mirándolo desaparecer por la orilla. Habló quedo a la yegua:—Trece, mientras más sé de este hombre, más me preocupo. Mintió en las solicitudes de empleo, mintió acerca de su abolengo, mintió acerca de serme fiel. Es bueno que no hayamos decidido casarnos . . . hasta ahora.

Volvió a la granja. En el camino de entrada vio el destello del sol reflejado en un coche plateado—. Está aquí su hija. ¿Ay, Trece, qué voy a hacer? Me odia porque su padre me obligó a mentirle a ella. Es malo mentir, Trece, muy malo.

Trece movió la cabeza a tirones, intentando aflojar las riendas. Ansiaba volver al establo y a las comodidades de su casilla. Rosa la hizo volverse.

—No vamos a casa en este momento. Vamos, Trece, necesitamos algún tiempo de paz. Si Albert no está llenando la casa con su amargura y sus exigencias, pues su hija llega para hacerlo. Vamos a buscar una alondra. —Con determinación, Rosa hizo andar a la yegua a lo largo de la cerca del pasto hacia la vía del tren.

Suspiró:— Trece, no podemos seguir viviendo con genta falsa y llena de rencor y odio. ¿Qué haremos?

La yegua resopló mientras iba levantando la arena seca. Una alondra se posó en un blanco poste de señal ferroviaria. Las lágrimas de Rosa cayeron en la silla engrasada—. Creía que amaba a este hombre. Vino a vivir con nosotros y no ha hecho más que vivir de nosotros y mentir. Sus mentiras no tienen límites. Trece, ¿Qué vamos a hacer?

Rosa se sonó las narices con un paño que sacó del bolsillo de su pantalón—. ¿De qué sirve el amor si es falso? ¿De qué sirve el amor si cada persona no cumple su parte? ¿De qué sirve el amor si te quita todas tus fuerzas y te deja sentir explotada? ¡Trece, contéstame!

La yegua siguió resoplando en la nube de arena seca que iba levantando. Una alondra, dando saltitos de una señal ferroviaria a otra, siguió a la mujer llorosa. El camino terminaba en un rancho grande de caballos. Trece alzó la cabeza al ver a los caballos que se les acercaron a medio galope através del campo.

The meadowlark perched on a tall chamisa bush behind the woman on the horse and lifted its small head in song. Rosa turned, listening. The bird sang a very sad song. The song was repeated over and over again. Rosa listened and smiled, remembering her mother's soft brown eyes.

Rosa's family had owned the farm. Her father had worked hard to earn the money for such a grand place and then he had died at sixty-three. Rosa grew to womanhood with her mother and three older brothers. She had dutifully watched her brothers marry and move to the city while she cared for her mother and the farm. After years of suffering with arthritis, Rosa's mother died. Rosa had never questioned her duty to her family. Even after their deaths, she was the responsible daughter.

The meadowlark sang. Rosa never questioned her duty to her man Albert. She shook her head—the farm needed work, and Albert was always gone looking for a job. Albert, a man of fifty-five years of age with two degrees and years of experience, couldn't find work. She turned her attention back to Trece who was nipping at another white horse over the fence. "Trece! Come on, let's start back to the farm."

The tall, strong woman turned the mare and cantered to the pasture road. Albert galloped toward her. "Hey! Where did you disappear to? I thought this was going to be our day!" He turned the stallion, ready to race.

Rosa spoke firmly: "Albert, where do you go when you say you are going job hunting? Where do you go?"

Albert shook his head as he steadied his horse. "What is this, 'Twenty Questions'? I go on my job interviews, that's where!"

Rosa leaned forward in the saddle. Taking Albert's left rein, she turned the stallion. "No. I am going to be honest with you. The last two weeks when you have made job interviews, the people you were supposed to meet called me, concerned for you. They said if you showed up they would have you call me so I wouldn't be worried. You never called me. I didn't want to say anything, for I wanted to trust you, but where were you?"

Albert's forehead wrinkled. "Rosa, don't do this! I didn't call you because I was late." He pulled at the rein in her hand. "You are getting upset over nothing. Come on, let's have some fun!"

La alondra se posó en un chamizo alto detrás de la mujer en la yegua y alzó su pequeña cabeza para cantar. Rosa volteó escuchando. El pájaro soltó un canto muy triste. Lo repitió muchas veces. Rosa escuchó y sonrió, recordando los tiernos ojos castaños de su mamá.

La granja pertenecía a la familia de Rosa. Su padre había trabajado duro para ganar el dinero por un terreno tan grande y entonces había muerto a los sesenta y tres años. Rosa se crió con su madre y sus tres hermanos mayores. Había visto casarse y mudarse a la ciudad a sus hermanos mientras cuidaba obediente a su madre y la granja. Después de años de sufrir por la artritis, la madre murió. Rosa siempre había aceptado su obligación a su familia. Aunque ya habían muerto, seguía siendo la hija responsable .

La alondra cantó. Rosa siempre había aceptado su obligación a su hombre Albert. Movió la cabeza — la granja requería mantenimiento y Albert siempre estaba fuera buscando trabajo. Albert, un hombre de cincuenta y cinco años de edad con dos títulos y años de experiencia, no podía encontrar trabajo. Rosa volvió la atención a Trece, que mordisqueaba un caballo blanco por encima de la cerca—. ¡Trece! Vamos, regresemos a la granja.

La alta y fuerte mujer volteó la yegua y fue a medio galope al camino que llevaba al pasto. Albert se la acercó galopando:—¡Oye! ¿Por qué desapareciste? Pensé que íbamos a pasar juntos el día. —Dio vuelta al caballo, dispuesto a echar una carrera.

Le habló determinada:— Albert, ¿adónde vas cuando dices que vas a buscar trabajo? ¿Adónde vas?

Albert movió la cabeza mientras refrenó a su caballo—. ¿Qué es esto? ¿Una interrogación? Voy a hacer las entrevistas de empleo, eso es adonde voy.

Rosa se inclinó en la silla. Tomando la rienda izquierda de Albert, hizo que el caballo se volviera—. No. Te voy a ser franca. Las últimas dos semanas cuando tenías citas para las entrevistas, las personas con quienes debías reunirte me llamaron, preocupadas por ti. Me dijeron que si llegabas harían que me llamaras para que no me preocupara. ¡Y nunca me llamaste! No quise decirte nada, porque quería tenerte confianza, pero ¿dónde estabas?

Albert frunció el entrecejo—. Rosa, ¡no hagas esto! No te llamé porque se me hacía tarde. —Tiró de la rienda en la mano de ella—. Te estás preocupando por nada. Ven, vamos a pasarla bien.

She let go of his rein. "You have fun! I have to clean the barn. You may not have a job, but that only makes more work for me. I am going home—someone has to take care of the farm!"

Albert's strong hand steadied the stallion. He leaned forward, kissing Rosa on the lips. "I'm trying, Rosa. Jobs aren't easy to find. You need to be patient with me." His blue eyes stared into hers. "Everyone these days is out there looking for work. Times are hard."

She touched his arm. "You said you would take any job. You could be a carpenter, a cook, or a salesman. But for the last six months, whenever you return with a job offer, you tell me that job is beneath you. But any job is better than no job at all!"

"Rosa, my love, I want to give you the best, not just half-way. I need to keep looking, be patient." He tried to kiss her again, but the horses moved apart.

"Albert, who are all the women who call and want to know where you are?"

"Those are job secretaries. They do follow-up calls, they're not important." Albert's eyes studied the reins. His ears were bright red.

Rosa cleared her throat. "Why do they call you at night? Where do you go at night when you say you are working, but you don't have a job?"

He lifted his head, pushed back his grey hair from his forehead, and in a soft, smooth voice answered her. "Rosa, my life is my life, I don't have to tell you everything. All you need to know is that I love you." He kicked the stallion and trotted back down the road to the river.

The dark-haired woman galloped back to the farm. Trece swerved at the shiny car in the front drive, and Rosa shifted in the saddle. Slowly, she moved the mare around the car and to the barn. She took Trece to the corral, brushed her down, and put her in the stall with some hay.

She noticed Carolina, Albert's overweight thirty-three-year-old daughter, sitting on the rock wall by the front door, but she chose not to acknowledge her. The daughter barked out at her. "Is my father around? You know I didn't come to see you!"

Rosa spoke quietly over her shoulder as Carolina approached. "Your father is riding down by the river. He should be back soon."

The daughter shook her head. "I need to speak to him now! I need him to give me some money."

Rosa rubbed the saddle with a soft flannel cloth. "Your father doesn't have any money. He hasn't found a job yet."

Rosa soltó la rienda. —¡Pásala bien tú! Yo tengo que limpiar el establo. Tú sí no tienes trabajo, pero eso sólo me da más trabajo a mí. Voy a mi casa — ¡la granja no se cuidará sola!

La mano firme de Albert calmó el caballo. Albert se inclinó para besarle la boca a Rosa—. Hago lo que puedo, Rosa. Es difícil encontrar empleo. Hay que tener paciencia. —Sus ojos azulados miraron los de ella. —En estos días todo el mundo anda buscando trabajo. Es un tiempo difícil.

Rosa le tocó el brazo—. Dijiste que aceptarías cualquier empleo que encontraras. Podrías ser carpintero o cocinero o vendedor. Pero en los últimos seis meses, cada vez que se te ofrece un empleo, me dices que el trabajo es indigno de ti. Mas ¡cualquier trabajo es mejor que nada!

—Rosa, mi amor, quiero darte lo mejor, no quiero hacerlo a medias. Tengo que seguir buscando, ten paciencia. —Trató de besarla otra vez, pero los caballos se separaron.

—Albert, ¿quiénes son todas las mujeres que llaman y quieren saber dónde estás?

—Son secretarias de trabajo. Hacen llamadas de continuación, no son importantes. —Albert fijó la mirada en las riendas. Tenía las orejas enrojecidas.

Rosa caraspeó—. ¿Por qué te llaman por la noche? ¿Adónde vas por la noche cuando dices que estás trabajando pero no tienes trabajo?

El hombre levantó la cabeza, se apartó el pelo canoso de la frente, y le contestó con la voz suave y baja:— Rosa, mi vida es mía, no tengo que explicarte todo. Lo único que necesitas saber es que te amo. —Puso espuelas al caballo y se fue a trote por el camino al río.

La morena regresó galopando a la granja. Trece dio un viraje al llegar al coche reluciente en el camino de entrada y Rosa se ladeó en la silla. Lentamente guió la yegua al lado del coche y entraron en el establo. Llevó a Trece al corral, la cepilló , y la metió en la casilla con paja.

Se dio cuenta de que Carolina, la hija gorda de Albert de treinta y tres años, estaba sentada en el muro de piedras junto a la puerta delantera, pero no quiso saludarla. La hija le llamó tosca:— ¿Está mi papá? Ya sabes que no vine a verte a ti.

Rosa habló quedo por encima del hombro mientras Carolina se le acercó:— Tu padre anda por el río. Ahorita regresa.

La hija movió la cabeza:— Tengo que hablar con él ahora mismo. Necesito que me dé dinero.

Rosa frotó la silla con un trapo blando de franela—. Tu padre no tiene dinero. Todavía no encuentra trabajo.

Carolina stood, filling the doorway of the tack room. "I know, but I thought you could lend him some money and I could borrow it from him."

The meadowlark landed on the corral fence. Its song filled the air. Rosa shook her head. "I don't have any more money to lend your father for you."

Carolina looked angry. "I don't know how my father could love you, you hurt people! You are a very bad woman!"

Rosa dropped the flannel cloth onto the saddle. "I am evil, is that it? I love your father and took him in, for he had nowhere else to go. We made plans to have a life together. We gave you money so you could come out here from the East. We set you up in your own place and now you say I am a bad person? How do you figure that?"

The meadowlark flew to the rock wall by the car. The daughter got in. "Just tell my dad I was here and I need money!" She drove away.

The meadowlark darted to a tall cottonwood tree as the car drove off. Rosa called to the meadowlark. "What? What are you trying to tell me?" She shoved her hands into her pants pockets. "I feel so alone, so weak, so tired. What am I to do?"

Each time the meadowlark's notes sang out, she felt stronger. She walked into her house and entered her parents' old room. Her father's portrait hung over his dresser. Rosa touched the dusty frame. "Papa, you told me love is the most powerful force in life. But this man who swore his love to me is not who I thought he was. Oh, Papa, if you were only here to tell me what to do!"

She stared at her own reflection in the portrait's glass. Staring back at her was a forty-year-old woman with sad brown eyes. Her short brown hair framed her perfect complexion. The long brown eyelashes blinked as she noticed her full, naturally red lips. But this woman frowned where her face should smile.

Rosa knelt in front of the small table under her mother's portrait. "Mama, I do not make a very good martyr. How I love this man and would do anything for him...except...Mama, he is demanding...almost all of our money is gone. I love him, but aren't my needs important too?"

The meadowlark's song was closer. Rosa regained control of herself. "Mama, your meadowlark is singing!" Mechanically she moved from room to room, gathering Albert's things. The long, wooden kitchen table was soon covered with his clothes, boots, books, paintings, and bathroom items.

Carolina se quedó parada, ocupando toda la entrada del cuarto de guarniciones—. Sí, lo sé, pero pensé que tú podrías prestarle dinero y él podría prestármelo a mí.

La alondra se posó en la cerca del corral. El aire se llenó de su canto. Rosa negó con la cabeza:— No tengo más dinero para prestárselo a tu padre para ti.

La gorda se veía enojada:— No entiendo cómo mi padre pudiera quererte, lastimas a la gente. ¡Eres una malvada!

Rosa dejó caer el trapo en la silla—. Así que soy mala, ¿verdad? Quiero a tu padre y lo invité a vivir en mi casa, ya que no tenía dónde vivir. Planeamos una vida juntos. Te dimos dinero para que vinieras aquí del este. Te instalamos en tu propia casa. ¿Y ahora dices que soy una malvada? No veo cómo llegaste a esta conclusión.

La alondra voló al muro de piedras junto al coche. La hija se subió a su auto—. ¡Dile nomás a mi papá que estuve y que necesito dinero! — Se fue.

La alondra se lanzó a un álamo grande al alejarse el coche. Rosa le llamó a la alondra:— ¿Qué dices? ¿Qué quieres decirme? —Metió las manos en los bolsillos del pantalón—. Me siento tan sola, tan débil, tan cansada. ¿Qué debo hacer?

Cada vez que cantó la alondra, se sintió más fuerte. Entró en la casa de sus padres y en su vieja recámara. El retrato de su padre estaba colgado sobre su armario. Rosa tocó el marco empolvado—. Papá, me dijiste que el amor es la fuerza más poderosa en la vida. Pero este hombre que me ha jurado el amor no es como pensaba. ¡Ay, papá, ojalá que estuvieras aquí para aconsejarme!

Miró detenidamente su reflejo en el vidrio del retrato. Devolviéndole la mirada había una mujer de cuarenta años con tristes ojos castaños. Su corto pelo moreno enmarcaba su cutis perfecta. Sus largas pestañas morenas parpadearon mientras se fijó en sus labios amplios y naturalmente rojos. Pero esta mujer fruncía el entrecejo en vez de sonreír.

Rosa se arrodilló delante de una mesita que se encontraba debajo del retrato de su madre—. Mamá, no soy buena mártir. Quiero tanto a este hombre y haría cualquier cosa por el…pero…mamá, es exigente…se ha acabado casi todo nuestro dinero. Lo quiero, pero ¿no debo pensar en mí también?

El canto de la alondra se había acercado. Rosa cobró fuerzas—. Mamá, ¡canta tu alondra!— Mecánica se movió de cuarto en cuarto, juntando las pertenencias de Albert. Al rato el largo banco de madera en la cocina se encontraba cubierto de la ropa, las botas, los libros, los cuadros y las cosas de aseo de Albert.

Every time she walked past the window Rosa watched for Albert. He still had not returned. She ran out to the barn to get boxes. Hurriedly, she packed all of his belongings. The sun was starting to go down when she heard a car pull into the farm. She peered out the window. Albert was back, following his daughter's car. Rosa's heart pounded in her chest as she ran to the front door.

The meadowlark perched on the postbox by the road, singing. Rosa returned to the kitchen window, watching Albert and his daughter. He was brushing the horse while he spoke to Carolina. She could see him pointing to the house. The daughter was shaking her head. Rosa glared. "No! No more money, no more grief!"

Albert put the stallion in the stall and began cleaning the barn. Rosa cried, "If he goes, I will be all alone." She turned to the packed boxes. "Maybe I should put all of this away. He is a good man, he does help me sometimes."

She let her tears fall. "I wish I could trust him." The meadowlark landed on the corral fence and sang its song. Rosa let the song fill her with strength. She carried a box outside, placing it beside the daughter's car. She returned for another.

Albert met her carrying out the next box. "What are you doing now?" His face was angry.

Rosa shoved the box into his arms. "Here! You are leaving. These are all of your things and you are leaving!"

The meadowlark sang stronger than ever. Albert put the box down on the floor. "Rosa, wait! I want to have a life with you."

The meadowlark sang. Rosa handed him another box. "No! You cannot live here any more. You go lead your life with your daughter. It is your obligation to care for her. Here, take this box."

He stood staring at her while he held the box. "Rosa, I love you! Don't do this. My daughter is a grown woman. I swear I won't be unfaithful to you again. Don't do this!"

The meadowlark sang. Rosa held her head high. Her voice was forceful. "No, Albert. You have had my home. You've taken almost all my money. You won't even listen to the meadowlark for me. You had my heart. Now it is time for you to go."

He glared at Rosa as he helped carry and load the boxes. "Where am I to go? My life is here with you. I swear I will get a job this week."

The meadowlark continued to sing. Rosa shook her head. "Six months is long enough to get a job. You had a year before that to get a job

Cada vez que pasaba por la ventana, Rosa buscaba a Albert. Todavía no había vuelto. Salió de prisa al establo para traer cajas. Se apresuró a empacar todas las pertenencias de él. El sol se ponía cuando oyó entrar un coche en la granja. Rosa asomó por la ventana. Albert regresaba, siguiendo el coche de su hija. El corazón de Rosa le latía violentamente mientras corrió a la puerta delantera.

La alondra se posó en el buzón junto al camino, cantando. Rosa volvió a la ventana de la cocina, mirando a Albert y a su hija. Cepillaba el caballo mientras hablaba con Carolina. Rosa vio que señalaba la casa. La hija se negaba con la cabeza. Rosa miró feroz:— ¡No! Ya no más dinero, no más molestias.

Albert metió el caballo en la casilla y empezó a limpiar el establo. Rosa exclamó:— ¡Si se va, voy a estar sola! —Volvio a las cajas empacadas:— ¿Y si guardo todo esto? Es buen hombre, a veces me ayuda.

Dejó caer las lágrimas—. Ojalá que pudiera confiar de él .—La alondra se posó en la cerca del corral y cantó. Rosa dejó que el canto le llenara de fuerzas. Llevó afuera una caja, colocándola al lado del coche de la hija. Entró por otra.

Albert se encontró con Rosa cuando sacaba la segunda caja—. ¿Y ahora qué haces? —Tenia la cara enfurecida.

Rosa metió la caja en sus brazos:—¡Toma! Ya te vas. Aquí tienes todas tus cosas, y ya te vas.

La alondra cantó más fuerte que nunca. Albert bajó la caja al suelo—. Rosa, espera. Quiero tener una vida contigo.

Cantó la alondra. Rosa le dio otra caja. —¡No! Ya no puedes vivir aquí. Vete a vivir con tu hija. Cuidarla es tu deber. ¡Ten, toma esta caja!

Albert se le quedó mirando mientras cargaba la caja—. Rosa, te quiero. No hagas esto. Mi hija ya es una mujer. Rosa, ¡te juro que no te volveré a engañar! No hagas esto.

Cantó la alondra. Rosa sostuvo alta la cabeza. Su voz era contundente:— No, Albert. Has tenido mi casa. Has tomado casi todo mi dinero. Ni siquiera quisiste escuchar la alondra por mí. Tuviste mi corazón. Ya es hora de que te vayas.

El hombre miró feroz a Rosa mientras le ayudó a sacar y a cargar las cajas—. ¿Adónde iré? Mi vida es aquí contigo. Te juro que encontraré un trabajo esta semana.

La alondra siguió cantando. Rosa negó con la cabeza:— Seis meses es tiempo suficiente para conseguir trabajo. Tuviste además todo el año

as well. I wish you well, Albert. Go! Have a good life." She turned and walked into the house.

Rosa leaned against the kitchen wall and watched through the window. Albert and his daughter argued for a few minutes and then they both got into her car and drove away. She contemplated the meadowlark outside the window. "His life is his problem now. I have my own life. Thank you, meadowlark, for giving me back my strength."

Then she sat down at the kitchen table and cried.

anterior para hacerlo. Te deseo lo mejor, Albert. Ya vete. Que tengas una buena vida. —Se volvió y entró en la casa.

Rosa se apoyó en la pared de la cocina y miró por la ventana. Albert y su hija discutieron unos minutos y luego los dos subieron al coche de ella y se fueron. Contempló la alondra afuera de la ventana—. Ahora su vida es cuenta suya. Yo tengo mi propia vida. Gracias, alondra, por devolverme mis fuerzas.

Entonces se sentó en la mesa de la cocina y lloró.

Stuart, está muerto

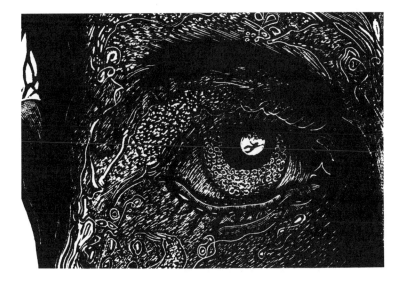

Stuart, He's Dead

Stuart, He's Dead

This story was told to me in Truth or Consequences, New Mexico. Señor Marcus Raymundo Raúl Alberto de Derecha told me this story outside a grocery store while I was waiting for my fellow researchers to buy their gear. This story has an eerie feel to it. It isn't funny. It is tragic. It reflects the superstition of the people. After I heard this story, I was always afraid that as we rappelled down mountains we would find a dead body on an escarpment. We never did and I never hope to—may you be as lucky!

"He's dead."

"I noticed. He's very dead."

"He looks like he's sleeping, but he's dead."

"You said that already! He's dead and we are the only ones here. What do we do now?"

"God, he's really really dead. Dead is damn bad luck."

"Listen, Stuart, you and I both know he's dead. He's dead, what are we to do?"

"Karen, show some respect for the dead. He looks peaceful somehow. A little broken up here and there, but his face is peaceful, don't you think? He hasn't started to decompose yet, has he?"

"Stuart, enough. What are we to do with him?"

"Who says we have to do anything with him? We are not responsible for his death, Karen. He is. He is dead. We had nothing to do with it. Let dead men lie."

"Stuart, we can't do that! We can't leave him here on this ledge. We can't walk away! We have to do something, anything. We must do something."

"Neither one of us can pull him up with the safety rope, Karen. Neither one of us can bury him here on this hard black basalt. Neither one of us can do anything for him. He is quite dead and in no pain. Dead is damn bad luck!"

Stuart, está muerto

Oí esta historia en Truth or Consequences, Nuevo México. El señor Marcus Raymundo Raúl Alberto de Derecha me la contó afuera de una tienda mientras yo esperaba a que mis colegas investigadores hicieran sus compras. Esta historia es algo misteriosa. No es chistosa. Es trágica. Representa las supersticiones de la gente. Después de oírla, siempre temía que al bajar una pendiente encontraramos un cadáver en una escarpa. Nunca sucedió así y espero que nunca me suceda — ojalá que a ti tampoco.

—Está muerto.

—Me fijé. Está bien muerto.

—Parece que está durmiendo pero está muerto.

—¡Si ya lo dijiste! Está muerto y somos los únicos que estamos aquí. Y ahora, ¿qué hacemos?

—Dios mío, está realmente muerto de veras. Maldita suerte es la muerte.

—Escucha, Stuart, los dos sabemos que está muerto. Está muerto, y ¿qué vamos a hacer?

—Karen, ten respeto al muerto. Se ve tranquilo, no sé por qué. Un poco roto por aquí y por allá, pero la cara parece tranquila, ¿no? Todavía no ha empezado a descomponerse, ¿verdad?

—Ya basta, Stuart. ¿Qué vamos a hacer con él?

—Y ¿es que tenemos que hacer algo con él? No somos responsables por su muerte, Karen. Quien tiene la responsabilidad es él. Está muerto. No tuvimos nada que hacer con ello. Que se dejen descansar en paz a los muertos.

—Stuart, ¡no debemos hacer eso! No debemos dejarlo aquí en este saliente. No debemos irnos nomás. ¡Tenemos que hacer algo, lo que sea, debemos hacer algo!

—Ni tú ni yo podemos subirlo con la cuerda de seguridad. Ni tú ni yo podemos enterrarlo en este duro basalto prieto. Ni tú ni yo podemos hacer nada para él. Está bien muerto y ya no siente ningún dolor. Maldita suerte es la muerte.

"Stuart, I am going to hit you in a moment if you say 'He's dead' one more time! We have to get him out of here and back to his family. We have to take him back to his people. We CANNOT leave him here for buzzards and lice. We MUST do something!"

"Karen, my brown-eyed beauty, listen to me. He is dead weight, no pun intended. He is six four, weighs about one hundred and ninety pounds, and has a seventy-pound backpack. He is now stiff, heavy, immovable, and inflexible. There is no way we can get him out of here."

"Sure there is, Stuart. You can climb up to the top, tie the ropes around the tree as an anchor, and throw down the ropes. Then I can tie the body and lift it up to the top. There! He will be on top and we can do it! Besides you are a strapping, strong man and my faith in you is immense. Let's give it a try. What say?"

"You're a crazy woman, brown eyes. We don't have enough rope to hold him, unless we wrap the blanket around him and tie the blanket. We could use the blanket as a sack to lift him. Sure! Let's give it a try. I'll go up and drop the ropes. I'm stronger—I'll pull—you climb beside him and help maneuver him around that precipice up there on the right." He began his ascent.

Karen called up to the top. "Stuart! Drop the ropes!" She grabbed the four ends dropped down to her and tied them in a double slipknot around the blanket, making a sack with the body wrapped inside. "Heave up! Stuart! Pull!"

Stuart mumbled under his breath. "Dead is damn bad luck!" He leaned over the edge of the cliff wall, watching out for Karen. "Karen, watch out for the sharp splinter rock on your left!" Stuart braced himself against the tree trunk, pulling the ropes around the tree as he groaned at the dead weight of the dead man.

"Stuart! Help! We're stuck! Stop pulling, STOP!"

"Karen! Karen, call up! What's wrong?"

Stuart wrapped the rope around the thick tree branch and walked to the edge. He stared in disbelief at what lay below him.

"Karen! I'm coming! I'm coming down!" Stuart let his hands slide down the rappelling ropes and dropped to the ledge. "Karen! Karen, say something—anything!"

Karen's head turned as he moved her body. Her eyes were open, her mouth bloody, her left cheek smashed. "She's dead! My GOD! She's DEAD!"

—Stuart, te voy a pegar en seguida si dices 'Está muerto' una vez más. Tenemos que sacarlo de aquí y llevarlo con su familia. Hay que llevarlo a su gente. No debemos dejarlo aquí para los zopilotes y los piojos. ¡Debemos hacer algo!

—Karen, mi bella de ojos castaños, escúchame. Es peso muerto, sin broma. Mide seis pies cuatro pulgadas, pesa más o menos ciento noventa libras y tiene una mochila de setenta libras. Está tieso, pesado, inmóvil, e inflexible. No hay manera de sacarlo de aquí.

—Claro que sí, Stuart. Puedes subir hasta arriba, atar las cuerdas a un árbol para fijarlas, y luego echármelas. Entonces puedo amarrar el cadáver y levantarlo para arriba. ¡Ya está! Estará en la parte de arriba y lo podemos hacer solos. Además, eres un hombre fuerte y fornido y mi confianza en ti no tiene límites. Hagamos el intento, ¿sí?

—Estás loca, morena. No tenemos cuerda suficiente para sostenerlo, a menos que lo envolvamos en la cobija y la amarremos. Podemos usar la cobija como bolsa para levantarlo. ¡Claro que sí! ¡Vamos a intentarlo! Voy a subir para bajar las cuerdas. Soy más fuerte — yo voy a jalarlo. Súbete tú al lado de él y ayuda a manejarlo por ese precipicio allí arriba a la derecha. —Empezó la subida.

Karen llamó hasta arriba:— ¡Stuart! ¡Baja las cuerdas! —Agarró las cuatro extremas que le bajó Stuart y con ellas hizo un doble nudo corredizo alrededor de la cobija, formando una bolsa con el cadáver envuelto adentro—. ¡Súbelo, Stuart! ¡Jala!

Stuart masculló entre dientes:— Maldita suerte es la muerte.—Se asomó por el borde del peñasco, buscando a Karen—. Karen, ¡cuidado con la roca filosa a la izquierda! —Se apoyó en el tronco del árbol, jalando las cuerdas y enrollándolas al árbol, gruñendo por el peso muerto del cadáver.

—¡Stuart! ¡Socorro! ¡Estamos enganchados! Deja de jalar, ¡PÁRATE!

—¡Karen! Karen, háblame. ¿Qué pasa?

Stuart amarró la cuerda a la rama gruesa del árbol y fue al borde. Miró sin creer lo que estaba allí abajo.

—Karen! ¡Ahí voy! ¡Ya me bajo! —Stuart deslizó las manos por las cuerdas y bajó al saliente—. ¡Karen! Karen, ¡háblame, dime algo, lo que sea!

La cabeza de Karen se movió cuando Stuart movió su cuerpo. Tenía los ojos abiertos, la boca sangrienta, la mejilla izquierda destrozada—. ¡Está muerta! ¡Dios mío! Está MUERTA!

Stuart let her drop back onto the ledge. He rubbed his hands together. He studied the ropes hanging from the cliff wall. Dangling in mid-air was the dead man. Stuart shut his eyes. Damn, what bad luck!

He pulled his traction gloves tightly up to his wrist. He lifted his body up the ropes like a monkey climbing a vine. When he got to the top, he unwrapped the ropes from the tree branch. He heard the thud as the dead one fell back to the ledge next to Karen.

The jeep started on the first try. Stuart automatically glanced at the passenger seat. "Damn! We should have left the body. We didn't know that man. We didn't know how long he had been there. We didn't know anything about him, we should have left him there! Karen! You and your crazy ideas!" Stuart's eyes began to tear. He shook his head. "DAMN BAD LUCK!"

Stuart swerved the jeep onto the main road. He had to find a cop or someone. He drove down the main strip of this small town, searching the front of each store for a pay phone. "DAMN BAD LUCK!" Then ahead of him he saw a pay phone in the parking lot of the fast food restaurant.

Stepping on the gas, he swerved in front of the car to the right of him, cutting him off. He quickly waved an apology to the driver and hurried to downshift. The wind blew into his face as he swerved to miss a boy on a bicycle. A plastic bag blew across the parking lot, lifted, and hit Stuart in the head, blinding him. He crashed into a Bureau of Indian Affairs van in front of the restaurant. The front of his jeep accordion-pleated up to the shattered windshield. Stuart's body snapped the seat belt and was flung over the van and onto the pavement.

The two Indian policemen raced from the restaurant to the bloody body on the parking lot. The taller one stood over Stuart's dead body. "He's dead."

"Damn, bad luck!"

"A dead body?"

"Yeah, another fast driver."

"Yeah, he's dead."

"Dead is damn bad luck!"

Stuart dejó que Karen se cayera de nuevo en el saliente. Se frotó las manos. Contempló las cuerdas que bajaban del peñasco . El muerto se balanceaba entre cielo y tierra. Stuart se cerró los ojos. ¡Maldito sea, qué mala suerte!

Tiró los ajustados guantes de tracción hasta la muñeca. Se subió por las cuerdas como un mono subiendo una enredadera. Al llegar arriba, desenrolló las cuerdas de la rama del árbol. Oyó un ruido sordo al volverse a caer el muerto en el saliente junto a Karen.

El jeep se arrancó con el primer intento. Automáticamente Stuart dio un vistazo al asiento de pasajero—. ¡Maldito sea! Debimos dejar el cadáver. No conocíamos a ese hombre. No sabíamos por cuánto tiempo estaba allí. No sabíamos nada de él, debimos dejarlo allí. ¡Karen! ¡Vaya ocurrencia tuya! —Los ojos de Stuart empezaron a lagrimear. Movió la cabeza—. ¡MALDITA SUERTE!

Stuart torció el jeep para entrar al camino principal. Tenía que encontrar a un policía o a quienquiera. Manejó por la calle principal del pequeño pueblo, revisando la fachada de cada tienda en busca de un teléfono público—. ¡MALDITA SUERTE! —Entonces vio adelante un teléfono público en el estacionamiento de un restaurante de servicio rápido.

Pisando el acelerador, se metió adelante del coche a su derecha, cortándole el camino. Agitó la mano en señal de disculpa al chofer y se apresuró a cambiar la velocidad. El viento le sopló la cara cuando se hizo a un lado para no chocar con un niño en bicicleta. Una bolsa de plástico que llegó volada desde el otro lado del estacionamiento se levantó y le dio a Stuart en la cabeza, cegándolo. Chocó con una camioneta del Departamento de Asuntos Indígenas que estaba estacionada en frente del restaurante. La parte delantera de su jeep se dobló como acordeón hasta el parabrisas estrellado. El cuerpo de Stuart rompió el cinturón de seguridad y fue lanzado por encima de la camioneta hasta chocar con el pavimiento.

Los dos policías indígenas salieron corriendo del restaurante y fueron al cuerpo sangriento que estaba echado en el estacionamiento. El más alto se quedó mirando el cadáver de Stuart:— Está muerto.

—Maldito sea, qué mala suerte.

—¿Un cadáver?

—Sí, otro chofer a toda velocidad.

—Sí, está muerto.

—¡Maldita suerte es la muerte!

La sabiduría del abuelo

Grandpa's Wisdom

Grandpa's Wisdom

Benjamin 'Jimmy' Sisneros sat on the ditch gate waiting for the ditch rider between Algodones and Llanito, New Mexico. As I sat waiting with him, he told me this story of his Sunday spent at the Santa Fe cathedral with his grandson. He gave permission for me to write this story as long as no names were used. But he wanted to be known as the teller—go figure. There is wisdom in this grandfather's story, yes?

The ten-year-old boy's head kept falling forward onto his chest. His grandfather would poke him awake. The priest kept talking on and on and on. Paulo pinched his fingertips to stay awake. The incense from the front of the church had now hit his nostrils. He nudged his grandpa. "Grandpa, I think I'm going to throw up." The ten-year-old tried to be quiet, but his stomach was already in his throat.

Grandpa nodded in agreement and continued to ignore his grandson. "Grandpa, I'm going to throw up." His grandfather stroked his leg, continuing to watch the priest. Paulo stood and faced him. "Grandpa...I'm...going to..." Grandpa finally turned his eyes to Paulo. He lifted the boy up, and with "Excuse me"s going down the pew, he brought the boy out into the fresh air.

"If you are going to be a good Christian you are going to have to learn not to throw up, Paulo." Grandpa sat on one of the round boulders which lined the driveway to the church. "What am I going to do with you? Every time we come, you either fall asleep and snore or throw up!"

Paulo was still bent over hugging his knees. Grandpa rubbed his wrinkled, blue-veined hands together. "Did you understand anything the priest said?" The boy shook his head, rubbing his nose against his pant leg.

Grandpa pulled a cigarette out of the pocket of his pressed white shirt. "I didn't either. I do know man is made of many sides and not all of them are spiritual." He lit his cigarette with a match struck on the boulder.

La sabiduría del abuelo

Benjamin 'Jimmy' Sisneros estaba sentado en la compuerta de la acequia esperando al encargado de la acequia entre Algodones y Llanito, Nuevo México. Mientras yo lo acompañaba, me contó esta historia del domingo que había pasado con su nieto en la catedral de Santa Fe. Me dio permiso a escribir esta historia con tal que no se usaran los nombres verdaderos. Sin embargo, quería que dijera yo quién fue el narrador —¡figúrate! La historia de este abuela contiene sabiduría, verdad?

La cabeza del niño de diez años caía sobre su pecho. Su abuelo lo despertaba a dedazos. El cura insistió en hablar y hablar. Paulo se pellizcó las yemas de los dedos para mantenerse despierto. El incienso del altar le llegó a las narices. Dio un codazo a su abuelo:— Abuelo, creo que voy a vomitar. —El niño trató de no hacer ruido pero ya tenía el estómago revuelto.

Abuelo afirmó con la cabeza y continuó sin hacerle caso al nieto—. Abuelo, voy a vomitar.—Su abuelo le acarició la pierna y siguió mirando al cura. Paulo se puso en pie y se le encaro:— Abuelo...voy...a...—Por fin, Abuelo dirigió la mirada a Paulo. Levantó al nino y con varios 'Con permiso' a lo largo del banco de la iglesia, salió con él al aire fresco.

—Para ser buen cristiano, tendrás que aprender a no vomitar, Paulo. —Abuelo se sentó en una de las grandes piedras redondas que bordeaban el camino de entrada a la iglesia—. ¿Qué voy a hacer contigo? Cada vez que venimos, o te duermes roncando o vomitas.

Paulo seguía doblado, abrazado a las rodillas. Abuelo se frotó las manos arrugadas de venas azules—. ¿Entendiste algo de lo que dijo el cura? —El niño negó con la cabeza, limpiando las narices en la pernera del pantalón.

Abuelo sacó un cigarro del bolsillo de su planchada camisa blanca—. Yo tampoco. Pero sí sé que el hombre tiene varias facetas, y no todas son espirituales. —Prendió el cigarro con un fósforo encendido de un golpe en la piedra.

"Man and woman are made up of four sides. My father taught this to me. There are four very important sides to each one of us. The first he called the 'carriage.' The 'carriage' is our bodies. We need to provide food, clothing, shelter, and safety for our bodies in order to survive." He blew smoke into the air.

"The second important part is the 'horse.' The horse is the part of us which feels joy, sadness, loss, reward, family, duty, and love. No one can exist without the 'horse.'" Grandpa took another drag on his cigarette.

"The third of these is very important. It is the 'driver.' The 'driver' is our mind. The mind helps us realize who we are, what we can do, what is logical and how to solve problems. The mind keeps the rest of us functioning most of the time. The passion of the 'horse' is sweet. Our 'carriage' gives us the ability to feel healthy and the 'driver' logically keeps everything alive." Grandpa watched a raven fly above them on the wind currents.

"The fourth of these is the 'master.'" He moved over on the boulder for Paulo to sit beside him. "This one is difficult to understand. The 'master' is the awareness and will of each one of us. This part gives us spirituality. We live our lives on a planet where not everything is understood. No one understands death, birth, blessings, or loss. The 'master' part of us gives us another place to find answers." Grandpa dropped his cigarette, then rubbed it out with his boot heel.

"The explanation of what is happening is not always logical. Why do you get sick in church? Why do we fall in love with one person and not another? Why were we born? And for what reason? These are the questions the 'master' part answers somehow." He pointed to the church.

"Many people find the answer with God. Some find the answer in their own religion, like your grandma, who is Indian. She has some strange ideas which make sense." He rubbed Paulo's back.

Paulo coughed. "Grandpa, she says we are divided up into six parts."

Grandpa chuckled. "I know, I know. Her six parts are beyond me. She has two more parts which deal with how we think and why we think the way we do at times. She is a strange woman, but I love her."

—El hombre y la mujer tenemos cuatro lados. Mi padre me enseñó esto. Hay cuatro aspectos muy importantes que tiene cada uno de nosotros. Al primero lo llamaba el 'carro'. El 'carro' es nuestro cuerpo. Tenemos que dar comida, ropa, abrigo y seguridad a nuestro cuerpo para sobrevivir. —Exhaló humo al aire.

—El segundo aspecto importante es el 'caballo'. El 'caballo' es la parte de nosotros que siente la alegría, la tristeza, la pérdida, la recompensa, la familia, el deber, y el amor. Nadie puede existir sin el 'caballo'. — Tomó otra chupada al cigarro.

—El tercero es muy importante. Es el 'chofer'. El 'chofer' es nuestra mente. La mente nos ayuda a darnos cuenta de quiénes somos, de qué podemos hacer, de qué es lógico, y de cómo resolver los problemas. La mente hace que las otras partes de nosotros sigan funcionando la mayoría del tiempo. La pasión del 'caballo' es un placer . Nuestro 'carro' nos permite sentir la buena salud, y el 'chofer' actúa con lógica para mantener vivo a todo. —Abuelo miró volar un cuervo en las corrientes del aire arriba de ellos.

—El cuarto aspecto es el 'amo'.— Hizo lugar en la piedra para que Paulo se sentara a su lado—. Éste es difícil de entender. El 'amo' es la consciencia y la voluntad de cada uno de nosotros. Esta parte nos da la espiritualidad. Pasamos la vida en un planeta donde no se entiende todo. Nadie comprende la muerte, el nacimiento, las bendiciones, ni la pérdida. El aspecto del 'amo' nos da otro lugar en donde podemos encontrar las explicaciones. —Abuelo dejó caer su cigarro, luego lo aplastó con el tacón de la bota.

—La explicación para lo que pasa no es siempre lógica. ¿Por qué te enfermas en la iglesia? ¿Por qué nos enamoramos de una persona y no de otra? ¿Por qué nacimos? ¿Y para qué? Éstas son las preguntas que el 'amo' nos contesta de algún modo. —Señaló la iglesia.

—Muchas personas encuentran la explicación con Dios. Algunos encuentran la razón con su propia religión, como tu abuela, que es indígena. Ella tiene ciertas ideas raras que sí tienen sentido. —Acarició la espalda de Paulo.

Paulo tosió. —Abuelo, mi abuela dice que somos divididos en seis partes.

Abuelo rio—. Sí, lo sé, lo sé. No comprendo sus seis partes. Tiene dos partes más que tienen que ver con cómo pensamos y por qué pensamos así a veces. Es una mujer extraña, pero la quiero.

The boy stood up, pushing his long black bangs away from his forehead. "Grandpa, I will go back in with you and I promise I won't fall asleep or throw up again."

Grandpa stretched his legs out in front of him. He patted the boulder. "Sit, Paulo. We will sit here for a time. Then we can try to get the old truck started and head for home." He picked up a pebble from the ground and tossed it into the air, catching it as it fell.

"We can sit out here and hear the music. We can talk to our God out here and I bet he will listen."

Paulo sat on the boulder next to his grandpa. "God listens to us outside of church?"

Grandpa threw the stone far over the parking lot. "Yes, He does. He knows how awful the incense smells. He leaves before they bring it out." The two sat on the boulder until church was over. It took them ten minutes and a push from a fellow Christian to get the truck running.

"Grandpa?" Paulo asked as they drove back to the farm. "What does it mean when our 'carriage' doesn't run the way it should?"

Grandpa chuckled. "It means it needs work on the transmission!" The two of them laughed.

El niño se puso en pie, apartándose los largos flequillos negros de la frente—. Abuelo, voy a entrar otra vez contigo y te prometo que esta vez no me duermo ni vomito.

Abuelo se estiró las piernas para adelante. Dio palmaditas a la piedra—. Siéntate, Paulo. Vamos a quedarnos aquí un rato. Luego podemos tratar de poner en marcha el viejo camión e irnos para la casa. —Recogió un guijarro del suelo y lo echó al aire, agarrándolo en su caída.

—Podemos estar sentados aquí y oír la música. Podemos hablar con nuestro Dios aquí y te apuesto que nos escuchará.

Paulo volvió a sentarse junto a su abuelo—. ¿Dios nos escucha fuera de la iglesia?

Abuelo lanzó el guijarro más allá del estacionamiento—. Sí, claro. Sabe qué tan horrible huele el incienso. Se va antes de que lo saquen. —Los dos se quedaron en la piedra hasta que terminó la misa. Necesitaron diez minutos y un empujón de otro cristiano para poner en marcha el camión.

—¿Abuelo? —le preguntó Paulo cuando regresaban a la granja—. Y cuando nuestro 'carro' no funciona como se debe, ¿qué quiere decir eso?

Abuelo se rio. —¡Quiere decir que es necesario componer la transmisión! —Los dos se rieron.

THE RED CRANE LITERATURE SERIES

Dancing to Pay the Light Bill:
Essays on New Mexico and the Southwest
by Jim Sagel

Death in the Rain
a novel by Ruth Almog

The Death of Bernadette Lefthand
a novel by Ron Querry

New Mexico Poetry Renaissance
edited by Sharon Niederman and Miriam Sagan

On Behalf of the Wolf and the First Peoples
essays by Joseph Marshall III

Spinning Sun, Grinning Moon
novellas by Max Evans

Stay Awhile: A New Mexico Sojourn
essays by Toby Smith

This Dancing Ground of Sky:
The Selected Poetry of Peggy Pond Church
by Peggy Pond Church

Winter of the Holy Iron
a novel by Joseph Marshall III

Working in the Dark: Reflections of a Poet of the Barrio
writings by Jimmy Santiago Baca

About the Author

Teresa Pijoan is the author of many books, two of them with Red Crane Books, *Listen, A Story Comes/Escucha, que viene un cuento* and *La Cuentista: Traditional Tales in Spanish and English.* She is director of the Native American Story-Theater Troupe in Albuquerque, New Mexico. She currently teaches Western Civilization at Technical Vocational Institute in Albuquerque. Her most recent story-telling adventure was in Austria, Germany, Hungary, and Slovenia for Die Lange Nacht der Marchenerzahler under the auspices of the Folke Tegetthoff. Recently Teresa has completed a Doctoral Program in Humanities with Columbia State University in Metairie, Louisiana.